AF198179

Alfons Constantin Hecht

Schräge Hechte

Kurzgeschichten

www.tredition.de

© 2015 Alfons Constantin Hecht

Verlag: tredition GmbH, Hamburg

ISBN
Paperback: 978-3-7323-7744-2
Hardcover: 978-3-7323-7745-9
e-Book: 978-3-7323-7746-6

Printed in Germany

Titelbild: Walter Wellenstein, Berlin, 1955.

Inhalt

1. Eifel – Probleme

Es war nachts, kurz vor Vier. Das Telefon klingelte. Wir hatten Sommer und die meisten Menschen werden behaupten, dass vier Uhr im Sommer vier Uhr morgens bedeutet. Aber es war Sonntag, ein Sonntag, dem ein fröhlicher alkoholgetränkter langer Samstagabend vorausgegangen war. Und ich hatte das Gefühl, mich gerade erst hingelegt zu haben.

Daher bleibe ich dabei, es war Nacht und welcher Schwachkopf hat das Bedürfnis mit anderen Menschen um diese Uhrzeit ein Gespräch zu führen?

„Geh bloß nicht dran!" sagte ich zu meiner Frau, auf deren Bettseite sich das Mistteil von Telefon befand und unaufhörlich weiter drängelte.

Das ist bestimmt wieder eine von ihren Schwestern aus Berlin, von denen es drei gibt. Und jede von den Dreien ruft mindestens zweimal am Tag an, was für alle drei am Monatsende ne ganz schön fette Telefonrechnung geben muss. Wir waren vor ein paar Jahren aus Berlin ins Elsass gezogen und das liegt heutzutage in Frankreich. Also Auslandsgespräche.

Aber jetzt mitten in der Nacht, nachdem man sich gerade erst hingelegt hatte? Die mussten endlich gemaßregelt und erzogen werden, diese respektlosen, aufdringlichen Schwägerinnen!

Deshalb wiederholte ich noch einmal:

„Geh bloß nicht dran!

Oder heb ab und lass den Hörer direkt wieder fallen!

Oder besser noch, gib mir das Teil! Ich werde deiner Schwester mal die Meinung geigen. So geht's nicht."

Das Ding schrillte weiter.

Vielleicht haben Frauen das feinere Gespür oder das Gehör dafür, wann ein Klingelton aussagen will, dass es sehr dringend ist. Sie hob ab.

An ihrer Anspannung, wie sie kerzengerade im Bett saß und ihrem besorgten Tonfall merkte ich, es musste was Ernstes sein.

„Nein, das glaube ich nicht. Das ist ja schrecklich." war ihr erster Satz, nachdem sie eine Weile zugehört hatte.

„Ich gebe Dir den Alfons", womit sie mich meinte, „er liegt neben mir. Tschöö!"

Es war Micky.

„Quicky Micky", wie er bei all denen heißt, die ihn kennen.

„Quicky", weil er so zapplig und quirlig ist und nicht weil besonders schnelles Laufen zu seinen Talenten zählt. Im Gegenteil, in dieser Disziplin bewegt er sich wie ein Fischotter an Land. Er hat zwar lange Beine und einen ausschreitenden schnellen Gang. Beim Wandern kann jederzeit noch einen Zahn zulegen und alle Anderen in Grund und Boden marschieren.

Aber wenn es ans Laufen geht, fehlt irgendwas bei ihm in der Übersetzung.

Es sieht fürchterlich aus.

So wie wenn ein Trabrennpferd in Galopp verfällt.

Scheint irgendwie auf der Stelle zu treten. Ist einfach nicht sein Metier.

Man kann da gar nicht lange hinschauen. Man wendet zwangsläufig den Blick von dem grausamen Schauspiel.

Auch früher beim Fußball war er eine absolute Null. Sowohl in den Schulmannschaften, als auch in den späteren Thekenmannschaften, bei denen eigentlich mehr Dope als Bier konsumiert wurde, war er meist einer der Letzten, die ausgewählt wurden, wenn es galt zwei Teams zu bilden.

Sein Element aber ist das Wasser. Beim Schwimmen und beim Tauchen, da ist Micky ein Ass. Er konnte in Schulzeiten am weitesten und längsten tauchen. Beim Wettschwimmen schlug er uns alle um Längen. Besonders elegant sah es aus, wenn er am Beckenrand ankam und mit einem Satz aus dem Wasser war. Jeder musste sich nach der Tortur des Wettschwimmens mühsam an der Beckenkante hochziehen und sich dann hochstemmen. Micky sprang, sich nur mit einer Hand abstützend, mit der Leichtigkeit eines Fischotters an Land.

Jetzt benutze ich das Beispiel eines Fischotters schon zum zweiten Mal.

Aber wenn ich es recht bedenke, wenn ich ihn mit einem Tier vergleichen müsste, liege ich mit dem Fischotter eigentlich genau richtig. Irgendwie sieht er auch aus wie dieses Tier. Langer, stromförmiger Körperbau, kleiner Kopf und einem Schnurrbart, der noch zusätzlich an einen Otter erinnert. Außerdem hat er wache, intelligente, hellblaue Augen. Ich weiß nicht ob ein Otter blaue Augen hat, wahrscheinlich nicht, eher dunkelbraune. Aber was ich mit dem Vergleich sagen will, es sind besonders diese lustigen, neugierigen und wachen Augen, gepaart mit dem leicht verschmitzten Lächeln der Mundwinkel, die an einen Otter erinnern lassen.

Wenn Micky redet, sind meist seine langen Arme beteiligt. Was oft zur Folge hat, dass Gläser, Flaschen, Tassen, Kannen oder Sonstiges zu Bruch gehen. Überhaupt hat er eine Unruhe in sich, die es ihm kaum erlaubt ruhig zu sitzen. Oftmals kann er drei, vier Sachen auf einmal machen. Er bringt es fertig mit einer Hand eine Zigarette zu drehen, in der Anderen eine Tasse Kaffee zu halten, mit einem Fuß - im Sommer läuft er meist barfuß - mit den Zehen in einem Blumentopf die Erde zu prüfen, ob die Pflanze Wasser nötig hat und mit dem anderen Fuß zum Takt der Musik aus dem Radio zu wippen.

Was seine Art und Weise zu reden betrifft, ist er witzig, sehr schlagfertig, direkt, manchmal zynisch. Und wenn er was getrunken hat, ist er laut und provozierend, was ihn dann oft leicht in große Schwierigkeiten bringt.

Und in solchen Schwierigkeiten schien er im Augenblick wieder zu stecken.

Er hörte sich schlimm an auf der anderen Seite der Leitung, wo immer er auch sein mochte.

Micky flüsterte und sprach doch sehr eindringlich.

„Du musst sofort kommen und mich hier rausholen!" machte er mir unmissverständlich mit wenigen Worten klar.

„Was ist los? Wo bist Du?" wollte ich wissen.

Jetzt wurde er ungehalten und lauter:

„Stell keine dämlichen Fragen, Mann! Komm so schnell Du kannst!

Die Scheißbande will mich umbringen."

Seine schroffe Ansage machte mir klar, dass es ernst war.

Ich musste jetzt schnell in die Gänge kommen.

Trotzdem, meine Frage musste ich wiederholen:

„O.k., Micky. Bin schon unterwegs. Aber noch mal. Wo bist Du?

Ich kann nicht ins Auto springen und losrasen, wenn ich noch nicht mal weiß wohin. Und wer will Dich umbringen? Wie viele sind es?

Ich frage Dich ja noch nicht mal warum. Die ganze Story kannst Du mir später erzählen."

Er erklärte mir wo ich hin musste. Er war in einem kleinen Nest in der Eifel. Irgendwo zwischen Prüm und Bitburg. Nicht weit weg von der Künstlersiedlung, wo er zurzeit in einem Bauwagen hauste.

Micky hatte sich plötzlich entschieden Künstler zu werden, genauer gesagt Bildhauer. Das war jetzt sein Ding. Er bearbeitet riesige Brocken von Buntsandsteinen nur mit der Hand bzw. mit Hammer und Meißel, und er ist gar nicht mal schlecht darin.

„Hast Du's?" fragte er mich.

„Beeil Dich, Mann! Die suchen immer noch nach mir. Die haben von meinem Wagen alle vier Reifen plattgestochen. Sind mindestens zwölf Typen. Völlig durchgeknallte Bauern hier aus dem Dorf und der Umgebung. Ich muss jetzt wieder schnellstens in Deckung gehen. Um Punkt sechs steh ich wieder hier an der Telefonzelle und warte auf Dich. Es gibt nur eine Telefonzelle in dem Kaff.

Ich hab mir eine Steinsammlung zugelegt, damit kann ich die Bande eine Zeitlang auf Distanz halten."

„Na, dann bin ich ja beruhigt", gab ich ihm zur Antwort.

„Halt durch! Bin bald bei Dir."

Was meine entspannte Einstellung zu Mickys Vorrat an Steinmunition betraf, war kein blöder Spruch. Mit Kieselsteinen konnte er wirklich umgehen. Schon in Schulzeiten war er mit dem Schlagball nicht nur Klassenbester, sondern auch jedes Jahr Champion der ganzen Schule. Wenn es in dieser Disziplin Preise oder Gelder zu gewinnen gäbe, Micky könnte überall in der Welt antreten.

Aber nicht nur in der Weite, sondern auch in der Zielgenauigkeit, ist er ein Phänomen. Er knallt auf dreißig Meter Entfernung Bierflaschen reihenweise weg, wo andere Typen mit einer Pistole oder einem Revolver auf diese Distanz Probleme haben, überhaupt einen einzigen Treffer zu landen.

Micky hatte es einfach raus, den ganzen Bewegungsablauf.

„Schulter, Oberarm, Unterarm, Hand und im richtigen Moment den Stein loslassen und auf die Reise schicken. Mit Auge und Kopf das Ding ins Ziel führen." So ungefähr hatte er mir mal die Sache erklärt.

Es war jedenfalls richtig Schmackes hinter seinen Geschossen.

Ich erinnere mich, wir waren mal zu Viert ein paar Tage unterwegs. Wir hatten absichtlich kein Geld dabei. Überlebenstraining in deutschen Wäldern. Wir lebten von Kräutern, Pilzen, Flechten und ab und zu stahlen wir den Bauern ein bisschen Gemüse aus den Gärten. Uns gelüstete es bald aber auch nach Fleisch. Als wir an einen Fluss kamen, ich glaube es war die Lahn, schwamm da eine Ente. Gut dreißig Meter weit weg, mitten im Strom zwischen beiden Ufern. Micky erledigte sie mit einem einzigen Wurf, genau an den Kopf. Danach sprang er sofort in den Fluss, kraulte zu dem Tier und holte die Beute aus dem Wasser.

So eine Ente gehört einfach in einen Backofen. Am Feuer grillen würde ich keinem raten. Ist eine zähe, scheußliche Sache.

Jedenfalls musste ich jetzt sehen, dass ich schnell los kam, um meinen alten Freund Micky rauszuhauen.

Für Kaffeetrinken war keine Zeit mehr. Aber eine doppelte Schnitte Brot musste ich mir noch schnell machen. Essen konnte ich auf der Tour. Morgens brauche ich was zwischen die Kiemen, sonst komme ich nicht in die Gänge. Und erst recht, wenn man in den Krieg ziehen muss.

Als Waffe schnappte ich mir ein japanisches Samurai-Schwert, ein seltenes Stück aus dem 14. Jahrhundert.

Keine lange Katanaklinge, sondern eine Nummer kleiner, ein Wakizachi. Besser für den Nah- und Häuserkampf geeignet.

Ich hatte das schöne seltene Stück eigentlich als gute Geldanlage erstanden, aber Schusswaffen besaß ich leider keine.

Für Micky nahm ich eine Südseekeule von den Fidschi-Inseln mit.

Schweres massives Holz, ungefähr 110 cm lang.

Liegt gut in der Hand. Wie ein Baseballschläger.

Ist nur nicht abgerundet, sondern von einem Grat in der Mitte zu beiden Seiten abgeflacht und in scharfe Kanten auslaufend.

Schneidet Haut und bricht Knochen.

Gegen den Kopf geschlagen absolut tödlich.

Ich hatte Micky irgendwann einmal genau so eine Keule geschenkt.

Vor ein paar Wochen gab's jedoch Zoff in der Künstlersiedlung.

Einmal im Jahr ist dort im Sommer ein vierwöchiges Symposium. Von überall her reisen eine Menge Künstler und Möchtegernkünstler an und hauen und pickeln an den Steinen herum.

Männliche Bildhauer sind in diesem Metier in der Überzahl. Die wenigen weiblichen Akteure sind rar.

Micky hatte die ganze Zeit eine junge Künstlerin angebaggert. Sie hieß Gretel.

An einem Abend saßen alle Künstler um ein großes Feuer, tranken und feierten. Eigentlich tranken und feierten sie jeden Abend. Aber heute war die Stimmung besonders gut. Und welcher Tag oder Abend wäre besser gewesen als dieser, um die heiße Gretel abzuschleppen.

Wer Gretel dann abends abgeschleppt hatte, war Alberich, der siebzigjährige Platzhirsch und Guru der ganzen Siedlung.

Seine ranzigen Komplimente kamen bei der süßen Gretel besser an.

Das Leben kann manchmal grausam sein.

Micky war mit der Situation total überfordert. Er hatte auch schon ganz schön Sprit getankt. Jedenfalls war der angestaute Zorn übermächtig und brauchte ein Ventil. Er marschierte zu seinem Bauwagen, holte seine Fidschi-Keule und erschreckte dann die ganze Meute von Künstlern, die um ein Feuer geschart friedlich zusammensaßen. Er schlug mit der Keule einigen Leuten die Bier- und Weinflaschen kaputt. Dann stürzte er sich mit einem Schrei auf eine große stehende Steinskulptur und machte den Wahnsinn perfekt. Er schlug dem Teil mit einem sauberen Schlag den Kopf ab.

Die schöne Südsee-Keule war allerdings auch hin.

Künstler sehen es im allgemeinen nicht so gerne, wenn ein Anderer eines ihrer Werke zerstört. So traf Micky die weise Entscheidung, sich aus dem Staub zu machen und erst einmal Gras über die Sache wachsen zu lassen.

Aber jetzt stressten ihn schon wieder irgendwelche Leute.

Wurde Zeit, dass ich loskam.

Ein guter Schiss ist oft der Höhepunkt eines Tages. Der ganze Stress brachte mich um diesen Höhepunkt.

Das Gesicht meiner Frau sah beim Abschied auch nicht gerade erfreut aus.

Ich war mir nicht sicher wie ich es deuten sollte.

War sie in Sorge um ihren Mann, der hinaus in die gefährliche Wüste musste oder ärgerte sie sich über den entgangenen Guten Morgen-Fick.

Ich hechtete los und trat in die Pedale.

Sonntag morgens, um diese Zeit hat man eine total freie Strecke.

Unterwegs machte ich mir meine Gedanken.

Je länger ich nachdachte, desto mehr peitschte und jagte ich die Kiste.

Was war mit diesen ausgeflippten Eifelbauern los, dass sie mittlerweile unschuldige Zeitgenossen massakrierten? Normalerweise ist der Menschenschlag in dieser Gegend doch eine der angenehmeren Sorte deutscher Spezies.

Wer weiß was für Drogen diese Dörfler mittlerweile nehmen. „Speed" oder irgendwas Selbstgebrautes. Jedenfalls irgend so ein Zeug, das sie total durchdrehen ließ.

Vielleicht lag es aber auch an den Amis, die in der Nähe von Bitburg ihre Air-Base und unterirdische Munitionslager haben. Chemie- und Biowaffen!

Kam sicherlich nicht bloß aus der Gerüchteküche, dass die irgendwie solche Versuche machten, von denen die Einheimischen allerdings nichts Genaueres wussten. Und die Sache war möglicherweise außer Kontrolle geraten. Verstärkt noch durch die vorherrschende Inzucht in den Dörfern, war die Bevölkerung in dieser Gegend mittlerweile wahrscheinlich zu gemeingefährlichen Zombies mutiert.

Verdammt! Wie lange konnte Micky mit seinen paar Steinchen noch überleben? Vielleicht konnte er zwei oder drei von den Mutanten mit gut gezielten Würfen zwischen die Augen außer Gefecht setzen. Aber wenn die Meute ihm zu nahe kam, war er verloren. Höchstwahrscheinlich werde ich zu spät kommen.

Sie haben ihn bestimmt schon in Streifen geschnitten und an die Schweine verfüttert.

Normalerweise brauche ich mit meinem Daimler von mir zuhause bis zu Micky in die Eifel zweieinhalb Stunden. Ich schaffte den Ritt in knapp zwei Stunden. In meinem Gehirn tanzten mittlerweile die Ratten. Scharen von Raben verdunkelten den Himmel und über die Hügel der Eifel ritten die apokalyptischen Reiter. Trübe Aussichten. Micky war bestimmt erledigt.

Punkt sechs Uhr tauchte vor mir das Ortsschild des Eifelnestes auf.

Mein Adrenalinpegel war jetzt am Level. Voll am Anschlag.

Ich verlangsamte die Fahrt auf der Suche nach der einzigen Telefonzelle des Dorfes. Ein Auge immer wachsam die Umgebung im Blick. Irgendwo dort draußen lauerten welche von den Wahnsinnigen auf ahnungslose Fremde. Die hatten hier Heimvorteil. Ich selber befand mich auf fremden Kampfschauplatz.

Das Kaff war nicht allzu groß und bald schon tauchte die Telefonzelle auf.

Micky lehnte lässig an einem Laternenpfahl, eine Selbstgedrehte im Mund.

Freudig ihn noch lebend zu sehen, entspannten sich meine Nerven.

Ich stieg aus ihn zu begrüßen, als plötzlich hinter meinem Daimler ein sportlicher Wagen parkte, scharf abbremsend, eine Staubwolke aufwirbelnd.

Das geht ja schon gleich gut los.

In der Erwartung eines Angriffes, waren meine Nerven sofort wieder unter Höchstspannung.

Welche Achterbahn der Gefühle.

Aus dem Wagen stieg allerdings Mickys jüngster Bruder, Tommy. Wir gaben einander die Hand.

Ohne einen Ton zu sagen.

Mit einem Gefühl der Achtung und einem anerkennenden Blick.

Man konnte sich aufeinander verlassen, wenn es brannte.

Unsere Kampf- und Schlagkraft hatte sich unerwartet stark verbessert.

Tommy hatte das gleiche verschmitzte Otterlächeln im Gesicht wie sein Bruder Micky. Nur vom Typ her ist er dunkler. Schwarze Haare und dunkle Augen.

Aus seinem weiteren Gesichtsausdruck las ich die Frage:

„In welche Geschichte sind wir hier reingeraten?"

Dies konnte uns nur Micky erklären:

„Das nenn ich Timing. Der Eine fährt von Koblenz und der Andere vom Elsass los und beide kommt Ihr auf den Punkt genau, wie verabredet, um sechs Uhr hier an. Super!" war Mickys erster Satz.

Jetzt sahen wir erst in welch schlimmen Zustand er war. Er sah aus wie ein an Land gespülter, schiffsbrüchiger Seemann. Er stand da, barfuß, Sonnenbrille, nur mit einer leichten, hellen Leinenhose und einem quergestreiften, blauweißen Unterhemd bekleidet. Ein Hosenbein war von unten bis zum Knie aufgerissen. Die Füße, das Gesicht und vor allen Dingen die Arme und Hände waren überall verletzt und blutig verkratzt. Am Hals trug er Würgemale.

„Du siehst ja aus als hätte Dich ein Haifisch verschluckt und wieder ausgekotzt," stichelte ich.

„Sind alle Knochen noch ganz?" fragte Tommy.

„In den Rippen hab ich ganz schön Pein, aber gebrochen ist nichts."

„Nun spuck schon aus! Was geht hier ab?" wollten wir endlich wissen.

Micky begann auf seine übliche Art mit bewegten Händen und Gesten zu erzählen: „Gestern Abend kam ich hier mit dem Auto langgefahren. Da sehe ich am Waldrand ein Feuer brennen. Bei einem Feuer bin ich wie ne Motte, zieht mich einfach magisch an.

Ne Menge Typen waren am feiern.

Ich also, geselle mich dazu.

Weil ich in meinem Kofferraum zwei Kästen Bier hatte, war ich bei den Einheimischen auch gleich willkommen. Besonders weil es auch genau die richtige Sorte war. Bitburger Stubbis. Die Marke, die sie hier am liebsten haben. Aber es müssen die kleinen, dicken Stubbi-Flaschen sein. Bringst du den gleichen Stoff in den handelsüblichen höheren Pullen, tust du hier keinem einen Gefallen damit. Die Bevölkerung betrachtet das im Allgemeinen als schlechten Stil. An so eine Kiste Bier gehen diese Eingeborenen erst notgedrungen dran, wenn ansonsten alles leergetrunken ist. Keiner will der erste sein, der in so einen Kasten reingreift. Und jeder gibt laut seinen Unmut kund, aus welch widerwärtigen, unzumutbaren Pullen man gezwungen ist zu trinken."

„Mann, Micky! Wir wollen keinen Vortrag über die hiesigen Bräuche. Wir wollen hören was hier los

war und warum wir um diese Uhrzeit hier sind?"
unterbrach ich ihn.

„Eben! Genau!" meinte auch Tommy.

„Also, war eigentlich ein guter Abend."
erzählte Micky weiter. „Ging bis spät in die Nacht.
Rumblödelei und wirres Geplauder.
Jeder hat Jeden gestichelt, wurde viel gelacht.
Wer ne große Klappe hat, muss auch einstecken und
auch mal über sich selbst lachen können. Erst dann
wird man hier als Großmaul akzeptiert. Und wie Ihr
wisst, sind meine Sprüche ja nicht so schlecht. Es ist
eine echte Kunstfertigkeit große, raffinierte Reden
zu schwingen. Man guckt halt wie weit man gehen
kann."

Ich kenne Micky. Wenn ich jetzt nicht dazwischen
ging, würde das noch ein ausschweifender Vortrag
werden: „Das sind ja alles sicherlich tiefere, philo-
sophische Wahrheiten. Aber jetzt komm mal auf den
Punkt, Mann!"

„Ja nun. Ich kann mich an keinen Affront gegen ir-
gendeinen Kandidaten erinnern.
War eigentlich alles o.k.
Ich musste mal pinkeln gehen und als ich zurück
kam, war ich auf einmal in einem anderen Film. Die
Typen fingen an total durchzudrehen. Ich dacht ich
bin auf `nem falschen Dampfer.
Der Obermacker von der Truppe, ein Hüne von
zwei Metern, packte mich mit beiden Händen am
Hals und hob mich einfach in die Luft. Der Idiot
wollte mich glatt erwürgen, während ein paar von
den anderen Trunkenbolden meinen Rücken und
die Rippen bearbeiteten."

„Und warum?"

„Keine Ahnung. Diese besoffenen Radaubrüder gingen jedenfalls voll zur Sache und haben richtig abgefeuert.

Der Rest von dem Gesocks schrie: „Mach ihn fertig, die Sau, bring ihn um das Schwein!"

Wenn man zwei Schläge auf einmal links und rechts in die Rippen bekommt, gleicht sich das wieder aus. Der eine Schmerz übertüncht den anderen.

Aber keine Luft mehr zu kriegen ist definitiv ne schlimme Sache.

Und ich sage Euch, ich wäre nicht mehr unter Euch, wenn ich den Würger nicht mit meinem Knie in der Leber erwischt hätte.

Ich habe erst mit dem rechten Knie angetäuscht und dann voll mit dem linken Knie durchgezogen."

„Sauber!" war unser Lob an Micky. „Echt stark!"

„Der Typ ließ dann seine Würgepranken für einen Moment locker und ich konnte quer durch die Meute entkommen. Beim Sprung über den Stacheldrahtzaun der Kuhweide hab ich mir die Hose zerfetzt.

Auf der anderen Seite vom Zaun dachte ich, bin ich sicher.

Und hab dann die Penner mit den gemeinsten Flüchen beschimpft und geschmäht."

„Man sollte wissen, wann man besser die Klappe hält."

„Ja. Es war eine völlige Fehleinschätzung meinerseits, dass ich hinter dem Zaun sicher bin.

Das Untier, das mich gewürgt hatte, kam angerannt und war mit einem Satz locker über den Zaun.

Der hätte mich gehabt. War eigentlich viel schneller als ich. Aber im Rennen bin ich eh nicht so gut. Da kriegt mich sogar ein Zwerg."

„Das sehe ich auch so." konnte ich mir nicht verkneifen zu sagen.

„Also, ich konnte mich dann nur mit einem Kopfsprung durch ne Brombeerhecke in den Wald retten. Ich bin dann weiter durch die Dornen gekrault.

Ihr seht ja wie ich aussehe.

Ich hab mich dann ganz flach hingelegt und die Szene beobachtet.

Der gigantische Troll stand immer noch vor der Brombeerhecke und gab Schreie wie ein Gorilla von sich. Er konnte gar nicht begreifen wie ich ihm entwischen konnte. Er brüllte seine Enttäuschung in den Nachthimmel. Dann schrie er die Kommandos an sein Rudel.

Die gesamte Meute war immer noch außer Rand und Band.

Die krakeelenden Trunkenbolde waren sich allesamt einig: „Den müssen wir finden, den machen wir fertig!"

Die ganze Bagage ist ausgeschwärmt, um mich zu suchen. Ein paar von denen sind in ihre Autos gesprungen und haben mit ihren Scheinwerfern in den Wald geleuchtet. Einer von ihnen hat mir mit nem Messer alle vier Reifen von meinem Wagen plattgestochen."

Micky machte eine Pause.

„Und was war dann? Wie ging es weiter?" wollten wir wissen.

Mickys Antwort war dann der Brüller.

Ganz trocken meinte er: „Ja, und dann bin ich einge-
schlafen."

„Ich weiß nicht wie lange ich geschlafen habe. Je-
denfalls, als ich aufgewacht bin, war alles ruhig.
Keiner mehr zu sehen. Ich hab mich dann in einem
weiten Bogen zur Straße durchgeschlagen und bin
von da ins Dorf zur Telefonzelle gelaufen und hab
Euch angerufen. Und jedes Mal, wenn wieder die
Lichter eines Autos auftauchten, hat mir das einen
Schock versetzt. Ich hab dann gleich wieder einen
Satz in den Wald gemacht, weil ich dachte, die suchen mich immer noch."
„Die Typen liegen jetzt alle in ihren Betten und
werden ihren Rausch ausschlafen." meinte ich.
Tommys Idee war es, erst einmal nach Mickys Wa-
gen zu schauen.
So stiegen wir in sein Auto und Micky dirigierte uns
zu dem Platz, wo die Szene sich heute Nacht abge-
spielt hatte. Ungefähr zwei Kilometer außerhalb des
Dorfes am Waldrand. Mickys Auto war soweit in
Ordnung, bis auf alle wirklich plattgestochenen Rei-
fen. An den leeren Bierkästen und den leeren Bier-
und Weinflaschen konnte man erkennen, dass die
Typen hier reichlich getankt hatten.
Wir waren schnell einer Meinung:
Die Knallköppe mussten für den Schaden aufkom-
men.
Fünfhundert Mark für die Reifen und tausend Mark
Schmerzensgeld.
Nur wer waren die Kerle?
„Kennst Du einen von denen?" wollte ich wissen.

Micky, der inzwischen noch eine halbe Flasche Wein und eine volle Flasche Bier gefunden hatte, meinte:
„Den ihren Obermacker mit den Riesenpranken, weiß ich wo der wohnt.

Ich hatte mal eine Braut für ein paar Wochen hier im Dorf.

Eine alleinstehende Dame, ne Pferdebesitzerin. Ihr Mann hatte sie verlassen. Ich hatte dort trauertherapeutische Maßnahmen zu leisten. Von der ist er der benachbarte Bauer."

Pferdeladies und Gestütsdamen waren irgendwie die Lieblingsgespielinnen von Micky. Weitere Affären und Bräute von ihm waren Theater- und Opernschnallen, nette Zeitungsverlegerinnen, Künstlerflittchen, geschiedene Frauen mit Kindern, geile Witwen und sonstige unglückliche Ehefrauen.

Einmal hatte ihn eine blaublütige Gräfin in ihr teures Heim abgeschleppt.

Micky wurde eine Zeit lang gut versorgt von ihr.

Feinkost und edler Wein. Neue Klamotten, handgenähte Schuhe usw.

Bei dieser Liaison hatte er sich dann allerdings einen schweren Tripper zugezogen.

Also, wir fuhren dann zurück ins Dorf, um den Würger aus dem Bett zu holen.

Auf der kurzen Fahrt dorthin schaffte es Micky den Rest der Weinflasche im ganzen Auto zu verteilen.

Fenster, Armaturen und Sitze. Aus der Bierflasche, die er gerade geöffnet hatte, schaffte er zwei Schluck, dann lief der Rest schäumend über den Fußboden. Außerdem brannte er mit einer Zigarette zwei schicke Löcher in die Sitze und hinterließ durch eine erneut aufgerissene Schramme am Arm überall Blutspuren.

Als wir ausstiegen meinte Tommy grinsend zu mir: „Scheiße! Guck Dir mein Auto an. Heute Morgen hatte ich noch einen neuen Wagen. Und jetzt? Innerhalb von drei Minuten macht Micky daraus ne Schrottkiste." Damit hatte er den Nagel auf dem Kopf getroffen. Den Innenraum konnte man als Totalschaden bezeichnen. Bitter für Tommy.

„Na, von außen sieht die Kiste doch noch ganz top aus." war mein Aufmunterungsspruch. Es war nicht wirklich ein Trost für ihn, aber er nahm die ganze Angelegenheit und meinen Spruch mit viel Humor und genau deswegen mag ich die Typen aus der Heimat, die Rheinländer und die Moselfranken.

Am Haus des besagten Bauern angekommen, kamen wir darin überein, dass Micky sich auf der gegenüberliegenden Straßenseite auf eine Bank setzen und die Klappe halten sollte. Ich stellte mich mit finsterem Gesichtsausdruck und der Fidschi-Keule in der Hand, gut sichtbar für jeden, der aus dem Fenster schaute, zwischen Micky und Tommy in die Hauseinfahrt. Tommy sollte das Reden übernehmen. Dies machte er auch ganz gut. Er klingelte so lange an der Tür bis eine Frau sich auf der Gegensprechanlage meldete.

„Wir sind hier um mit ihrem Gatten zu sprechen und ein Problem zu bereinigen." sprach Tommy in perfektem Deutsch.

Keine Antwort. Eine Weile warteten wir.

Der Mann musste ja erst mal aus dem Bett geholt werden.

Als sich nichts tat, klingelte Tommy weiter Sturm.

„Mein Mann kommt nicht." war die Antwort der Frau.

Wahrscheinlich hatten sie vom ersten Stock aus dem Fenster geschaut und den bösen Mann mit der Keule gesehen.

Tommys Antwort: „Wir wollen die Angelegenheit in Ruhe und friedlich regeln. Micky hat zwei Rippen gebrochen und außerdem sind alle vier Reifen von seinem Wagen plattgestochen. Wenn wir die Angelegenheit nicht jetzt und hier regeln können, fahren wir ins Krankenhaus und übergeben dann den Fall unseren Anwälten. Und wir haben die besten Anwälte. Dann wird die Sache für Euch Radaubrüder erheblich teurer."

Nach einer kurzen Pause meinte die Frau: „O.k. Wir kommen raus. Aber es dauert einen Moment bis mein Mann fit ist."

Der Moment zog sich eine ganze Weile hin.

In der Zwischenzeit tauchten aus allen Richtungen Gestalten auf.

Erst einer, dann zwei, am Ende waren es fünf. Der Würger oder seine Frau mussten einen Teil der Bande von gestern per Telefon zusammengetrommelt haben. Sie schlichen wie die Hyänen um mich herum, respektvoll vor meiner Keule Abstand haltend.

Ich stand breitbeinig da, die Keule lässig geschultert. Dem aufkommenden Bedürfnis gab ich nicht nach, schon mal als Abschreckung, einem von den Typen einen Knochen durchzuhauen.

Sie sahen auch alle viel zu harmlos aus. Sie schlurften mit eingezogenen Köpfen und den Händen in den Hosentaschen herum. Die morgendliche Sonne tat ihnen in den Augen weh. Die Suffköppe hatten einfach heute Nacht zu viel getrunken und der Morgen war noch viel zu früh für sie. Tommy und ich wären auch ohne Keule mit diesen Amateuren fertig geworden.

Micky fing jetzt an zu krakeelen. Er hing zwar ziemlich schlapp auf der Bank, die Beine übereinander geschlagen, eine Zigarette in der Hand. Das hielt ihn jedoch in keiner Weise davon ab frech zu werden.

„Na dann zeigt mal was ihr heute Morgen noch drauf habt, Ihr Penner!

Der Mann da ist verdammt rabiat und Experte im Umgang mit der Keule.

Seht Ihr, heute ist ein anderer Tag. "

Keiner sagte etwas. Weder sie, noch wir. Nur Micky war in einer Tour am provozieren. Die Hyänen warteten einfach still auf ihr Alphatier.

Und ihr Anführer erschien, nach einer geraumen Zeit, dann auch endlich in der Haustür. Ein riesiges, muskelbepacktes Ungeheuer stand da, den Oberkörper nur mit einem Unterhemd bekleidet. Er passte gerade so in den Türrahmen. Der kam einfach aus einer höheren Klasse oder Liga. Superschwergewicht, aber bestens durchtrainiert und ohne ein Gramm Fett. Musste der Champion im Heuballenstemmen und –werfen der ganzen Eifel sein.

Wahrhaft furcherregend. Mir war klar, wenn es jetzt draufankam, musste der erste Schlag sitzen.

Als ich mir ihn genauer ansah, bemerkte ich, wie schwer er sich getan haben musste aus dem Bett zu kommen. Er verharrte dort, eingerahmt von der Tür, die ihm offensichtlich die Sicherheit gab nicht zu sehr ins Schwanken zu geraten. Ein Auge klotzte nach oben rechts und das andere nach unten links. Ich kannte diesen Gesichtsausdruck.

Bei einem Spaziergang mit meiner Frau durch Berlin-Mitte hatte ich irgendwann nach der Wende einen Laden entdeckt, der nur Absinth verkauft. Ungefähr neunzig verschiedene Sorten. Alle hinter der Theke präsentiert, in einem Regal bis unter die Decke. Die Preise waren verwirrend.

Von um die fünfundzwanzig bis über hundert Mark die Flasche.

Alles verschiedene Flaschenformen und kunstvolle Labels.

Ich wollte vom Verkäufer wissen, welcher Stoff wirklich etwas taugt.

Und welchen er selber trinke. Er stellte mir die drei bedeutsamsten Flaschen zur Auswahl auf die Theke. Für fünfundvierzig, für fünfundfünfzig und für sechzig Mark.

„Das sind die einzigen Sorten, die wirklich turnen. Alle anderen haben ein schönes Design, sind aber Blender." gab er mir zur Antwort.

Ich wollte ihm in die Augen schauen, ob er mich belog oder ehrlich zu mir war. Ich konnte jedoch aus seinem Blick nichts lesen, weil ein Auge nach oben und das andere nach unten schielte. Ich konnte mich nur auf mein Bauchgefühl verlassen und das sagte mir, der Mann ist in Ordnung.

So ging ich das Risiko ein und nahm die teuerste der drei Flaschen.

Mein Bauchgefühl hatte Recht gehabt. Ich öffnete die Flasche erst, als mich mein alter Freund Raimund besuchte und kredenzte ihm den guten Stoff. Das Zeug schmeckte verdammt lecker. Nach dem ersten Glas fühlten wir uns sehr wohl, nach dem zweiten schwebten wir und als wir gerade gedanklich uns damit beschäftigten eine dritte Runde in die Gläser zu füllen, kam meine Frau in die Küche. Und der Haken an der ganzen Sache war: Sie hatte auch den speziell schielenden Absinth - Verkäufer gesehen.

Sie schnappte sich die Flasche und goss das ganze, gute Zeug ins Spülbecken. Wir waren einfach zu geschockt und konnten gar nicht schnell genug reagieren. Bis ich aufgesprungen war, um noch etwas von dem wertvollen Stoff zu retten, war schon alles im Abfluss verschwunden.

„Guckt Euch an, wie Ihr ausschaut. Ihr schielt schon genauso und habt schon den gleichen Gesichtsausdruck wie in Berlin dieser kranke Ladenbesitzer von der Absinth-Tankstelle. Das Zeug hat Euch schon voll im Griff. Das Gift hat früher schon ganze Familien ins Unglück gestürzt." waren die begleitenden Worte ihrer Tat.

Wir waren fassungslos und schwer enttäuscht den guten Tropfen so schnell verloren zu haben. Dass Frauen immer so übertreiben müssen. Sie können sehr resolut sein, wenn es um die Gesundheit und Sicherheit der Familie geht.

Jedenfalls dachte ich kurz an die Geschichte als ich den schielenden Eifelgorilla in seiner Haustür stehen sah. Vielleicht waren diese Typen hier in der Gegend, oder wenigstens jenes Ungeheuer da, dem Absinth verfallen. Solche Gedanken kamen mir in den Sinn, während Tommy eine saubere Verhandlung führte.

„Erstens wollen wir wissen was gestern Nacht hier los war. Zweitens und damit sind wir schon am entscheidenden Punkt, müsst Ihr zahlen und zwar die Reifen und Schmerzensgeld für eure Grobheiten. Macht zusammen tausendfünfhundert Mark. Damit kommt Ihr günstig weg. Wenn alle Beteiligten von heute Nacht zusammenlegen, macht das pro Nase hundert bis hundertfünfzig Mark. Kriegt Ihr das Geld heute morgen nicht in bar zusammen, nehmen unsere Spitzenanwälte Euch auseinander. Sachbeschädigungen, Körperverletzung und Mordversuch. Die Sache wird für Euch dann wesentlich teurer. --- Also, was war los heute Nacht und wie entscheidet Ihr euch?"

Man konnte sehen wie der Würger nachdachte.

„O.k." meinte der Grobian nach seiner Denkpause. „Wir regeln die Sache. Aber was gestern Nacht war, muss ich zuerst mit Micky ganz alleine besprechen."

Der Gigant schleppte sich von seiner Haustür die Einfahrt hoch zu der gegenüberliegenden Straßenseite, wo wir Micky auf der Bank geparkt hatten. Als er an mir vorbei kam, sagte ich zum ersten Mal auch einen Satz:

„Ich hab Dich im Auge Großer. Mach bloß keinen Scheiß!"

Er setzte sich zu Micky auf die Bank. Sie bequatschten die Sache eine Weile. Dann gaben sie sich die Hand. Sie standen auf und kamen uns Arm in Arm entgegen. Die angespannte Atmosphäre, die über allen Beteiligten lag, löste sich augenblicklich und ging in eine allgemeine Erleichterung über. Besonders den teilweise völlig verstörten Ehefrauen, die mittlerweile auch auf der Szene aufgetaucht waren, merkte man die Entspannung an.

Eine von ihnen schlug vor, dass es auf ihrer Terrasse für alle zur Versöhnung und zum Frühstück Kaffee und belegte Brote geben würde.

Wir nahmen das Angebot an, wollten jedoch zuerst das Geld sehen.

Man einigte sich schnell. Der freundliche Riese legte allen seinen Kumpels die tausendfünfhundert Mark vor. Er schien hier in der Gegend genug Respekt zu genießen, dass er sich sicher war, auch das Geld von denen zu bekommen, die heute Morgen hier nicht angetanzt waren. Zum Frühstück gab es außerdem noch Bier und alle waren froh, dass die Geschichte ein glückliches Ende gefunden hatte.

Aber, die noch immer nicht restlos beantwortete Frage war. Was war heute Nacht hier eigentlich los gewesen?

Micky klärte uns auf.

Die Bauern und Menschen in der Umgebung waren seit längerem beunruhigt. Man hatte in letzter Zeit des Öfteren eine Gruppe toter Kaninchen oder toter

Hühner gefunden. Einmal waren es sogar Katzen. Alle Tiere waren enthauptet. Sie waren um einen Kreis gelegt, in deren Innenfeld mit dem Blut der Tiere magische Zeichen dargestellt waren.

Blutopfer, Satanismus oder irgendwelche Schwarze Messen.

Man hatte die Sache mit Charles Manson, dem abgedrehten Satanisten Ende der sechziger Jahre in Kalifornien noch nicht vergessen. Hier bei uns kommt alles, ob gut oder schlecht, immer mit einer Verzögerung von Amerika herüber. Erst recht spät in die Eifel. Demnächst würden diese Satansspinner ihre Kinder oder Ehefrauen schlachten. Man musste auf der Hut sein. Das war hier in der Gegend allen klar.

Micky wusste von all dem nichts. Als er nachts zum Pinkeln ging kniete er sich hin zum Wasserlassen. Wer pinkelt schon im Knien? Aber Micky kann das. Wahrscheinlich war er schon zu voll um ruhig stehen zu können.

Oder er wollte, da er barfuß war, sich die Füße nicht vollspritzen.

Wie dem auch sei, er kniete dort mit kindlicher Anmut um ganz unbekümmert und entspannt sein Geschäft zu verrichten. Vom Feuer her schwach beleuchtet konnte jeder der Dörfler ihn sehen. Was Micky wiederum nicht wusste, er kniete vor einer großen Steinstehle, in der ganzen Gegend bekannt als der „Druidenstein". Für die betrunkene Gesellschaft um das Feuer war die Sache schnell klar. Hier hatte man es mit einem gemeingefährlichen Subjekt der Satansjünger zu tun. Vielleicht handelte es sich sogar um ihren Anführer und Oberpriester. Man hatte ihn ertappt. Beim Beten oder Huldigen vor einem heidnischen Stein. Überführt von allen anwesenden Zeugen. Selten waren sich Alle so einig.

Dieser üble Zeitgenosse durfte nicht entkommen.

Der Rest ist erzählt.

Die grauenerregende Hölle, in die ich glaubte reiten zu müssen, entpuppte sich als eine komikhafte Verkettung von verqueren Umständen. Man kann also nicht nur in fremden Ländern mit anderen Sitten, sondern auch bei uns auf dem Lande ins Fettnäpfchen treten.

Tommy und ich rieten Micky, vielleicht für eine Weile die Eifel zu verlassen, nachdem er in letzter Zeit dort nur Ärger hatte.

Zum Abschied schenkte ich ihm meine Fidschi-Keule mit der Bitte: „Geh diesmal ein bisschen sorgsamer mit dem Ding um. So ne Südseeteile werden mittlerweile in Sammlerkreisen schwer gesucht und teuer gehandelt."

2. Pallotti

Auf der Rückfahrt nach Hause musste ich immer wieder über die ganze Geschichte schmunzeln. Aber ich machte mir auch langsam Sorgen um Micky, weil er einfach in letzter Zeit zu viel Alkohol in sich hinein kippte und am laufenden Band Ärger und Streit nur so anzog.

Aber wenn ich es genau bedenke, er hatte eigentlich durch seine große Klappe schon immer Probleme am Hals.

Selbst an dem Tag als wir uns kennenlernten war er in Schwierigkeiten. Es war im Jahre 1970, Anfang November. Micky war damals fünfzehn Jahre, ich selbst vierzehn Jahre alt. Man hatte mich von zwei verschiedenen Gymnasien wegen Untragbarkeit verwiesen. Im ersten Fall wegen Lernverweigerung und Aufsässigkeit und im zweiten Fall wegen Anstiftung zu Revolten gegen die Lehrerschaft. Ich hatte irgendwie ein gestörtes Verhältnis zu den Autoritätspersonen. Mein Vater hatte sich geweigert noch etwas für diesen hoffnungslos missratenen Sohn zu tun. Mit viel Mühe schaffte es mein Großvater mich in einem Internat in Limburg an der Lahn unterzubringen. Es war eine Klosterschule des Ordens der Pallottiner.

Als ich dort ankam, war kein anderer Schüler zu sehen. Es war später Nachmittag, so um siebzehn Uhr. Sie saßen in ihren Klassenzimmern und büffelten ihre Hausaufgaben.

So konnte ich ungestört meine Schlafkabine und meinen Kleiderschrank einrichten. Der Schlafsaal war ein langgezogener Gang unter dem Dach. Auf der linken Seite hatte der Gang eine abgeschrägte Fensterfront. Wie in einem Gewächshaus. Leider war die schöne Fenstergalerie mit den Kleiderschränken zugestellt. Auf der anderen Seite des Gangs waren die Schlafkabinen, jeweils dem dazugehörigen Kleiderschrank gegenüberliegend. Die Kabinen konnte man mit einem Vorhang zuziehen.

Verdammt, wo war ich hier hingeraten?

Das Ganze erinnerte verdächtig an einen Knast. Besonders die weiteren Eindrücke verstärkten dieses Gefühl.

Von sechs Uhr bis halb sieben wurde vor dem Abendessen in der Kirche gebetet und gesungen. Die Kirche war ein ziemlich modernes Bauwerk. Irgendwie futuristisch. Die Seitenwände und das Dach gingen ineinander über und wölbten sich zu einem spitzen Dachschiff. Die sehr schmalen, lanzettförmigen Fenster machten den Bogen mit und streckten sich gegen das Dach. Die Fenster lagen in tief eingeschnittenen Simsen, die sich sehr schlank nach oben reckten. Wie dünne lange spitze Kerzen. Der ganze Bau sah aus wie eine Quetschkommode, so eine Ziehharmonika. Der Altarraum war genauso gestaltet. Die gleichartigen Fenster waren nur viel kleiner und sie liefen nicht wie im Schiff zu einem Spitzdach sondern zu einer runden Kuppel zusammen. Sah aus wie ein Spangenhelm der japanischen Samurai. Man fühlte sich wie in einem zukünftigen

Raumschiff von einem anderen Stern. Irre Architektur!

Alle Patres, Brüder und Schüler sangen nicht endend wollende, lateinische Liturgien. Manche sehr inbrünstig, Einige ganz verklärt. Tolle Akustik in diesem schwebenden Schiff.

Bei den Mönchen waren ein paar seltene Originale dabei. Teilweise sehr bizarre Exemplare. Hier gab es keine genormten Visagen.

Mir kam kurz der verstörende Gedanke, dass ich in Wirklichkeit überhaupt keinen Schimmer hatte, wo ich hier gelandet war. Die grausige Realität sah wahrscheinlich so aus: Mein Vater und mein Opa hatten mich in stillschweigender Einigkeit in einer von christlichen Fanatiker betriebenen Klapsmühle untergebracht.

Im Singen waren die Mönche wirklich gut. Die Schüler waren untalentierter und viele taten sich schwer den richtigen Ton zu treffen.

Die Gesänge wollten gar nicht enden. Unablässig und in einer Tour. Ein Song nach dem anderen. Die steigerten sich richtig rein.

Als die gesanglichen Darbietungen beendet waren, ging es ab in den Speisesaal. Die Bezeichnung Saal war hier wirklich zutreffend. Der lange und hohe Raum war in der Mitte durch eine Säulenreihe geteilt. Zwei lange Tischreihen durchzogen den Saal, jeweils eine für die Mönche und eine für die Schüler. Es kam mir vor, als sei ich hier im Mittelalter gelandet. Das ganze Ambiente hätte eine gute Kulisse abgegeben für Filme wie „Verbrechen im Kloster" oder „Der Mörder war immer der Abt".

Während dem Essen herrschte absolutes Redeverbot, sogenanntes Silentium.

Als Neuankömmling wurde ich von allen meinen Mitschülern, insgesamt vierundzwanzig Augenpaaren, gemustert. Jeder beäugte den Neuen. Mir ging es genauso. Ich schaute die lange Tafel rauf und runter um die Typen abzuchecken, jedenfalls um einen ersten Eindruck zu bekommen. Wer von denen war in Ordnung, wer war ungewöhnlich, wer war ein Unsympath und wer war ein Voll-Ekel? Eigentlich war mir nur ein Kerl auf Anhieb angenehm.

Nach dem Essen musste ich zu dem Pater, der für die Schüler zuständig war. Es gab noch ein paar Anweisungen und Verhaltensmaßregeln.

Danach wollte ich noch einmal an meinen Schrank im Schlafsaal. Als ich den langen Gang unter dem Dach betrat, sah ich am anderen Ende eine Gruppe von acht Typen, die von allen Seiten einen anderen Kerl hin und her und nach vorne in meine Richtung schubsten. Ich konnte hören um was es ging.

„Da kommt er, der Neue. Du wolltest ihm doch die Fresse polieren." war der allgemeine Ton.

Sie drangsalierten genau den Kollegen, den ich im Speisesaal am interessantesten fand. Das gefiel mir gar nicht. Wie sich später herausstellte, hatte er groß angekündigt dem Neuen aufs Maul zu hauen.

Er hatte einen Hals auf mich, weil ich sein neuer Zellennachbar werden sollte. Dadurch musste nämlich ein neuer Schrank in die Reihe gestellt werden. Dagegen hatte er sich mit Händen und Füßen gewehrt. Da seine Nachbarzelle vorher frei war, hatte er seinen Schrank eine Reihe weitergeschoben. Wodurch er bis jetzt nachts, bei offenem Kabinenvorhang, freie Sicht durch die gegenüberliegenden schrägen Glasfenster in den Nachthimmel gehabt hatte. Bei klarem Wetter eine angenehme Sache.

Damit war jetzt Schluss.

Wegen meinem Kleiderschrank.

Wie gesagt, was ich sah missfiel mir.

Aggressionen wirken ansteckend.

Während ich den langen Gang hinunter ging, hatte ich noch einen Augenblick Zeit zu überlegen, wie mit der Situation umzugehen sei. Warum sollte ich mich hier genötigt fühlen genau den Typen, der mir auf Anhieb sympathisch war, zur Freude der feixenden Bande fertig zu machen?

Wenn ich in dem Knast hier einen guten ersten Auftritt haben wollte, musste ich dem sympathischen Kandidat dort helfen, den alle Anderen drangsalierten. Ich guckte mir den Anführer der Truppe aus, der hier im Schlafsaal der Chef zu sein schien. Es war Voll-Ekel, der mir schon vorhin im Speisesaal aufgefallen war. Das gab meiner Entscheidung zu handeln nachdrückliches Gewicht. Ich würde ordentlich dazwischen funken.

Gegen eine Rotte von acht Jungs könnte es möglicherweise happig werden. Aber ich würde den Überraschungseffekt haben, wenn ohne jede Vorwarnung das Chaos über sie käme. Ich werde ihnen sofort zeigen, welch hemmungslos gewalttätiger Typ ich bin, wenn es sein musste. Außerdem war damit zu rechnen, dass ich nicht alleine dastehen würde. Also zwei gegen acht. Voll-Ekel war zwar einen Kopf grösser als ich, aber mein erster Schlag traf ihn voll in den Magen. Dann packte ich ihn mit beiden Händen am Hemd, hob ihn ein Stück hoch und schmiss ihn gegen den Wandschrank. Ich hatte unmissverständlich klargemacht, dass man sich besser mit mir nicht anlegte.

„Was soll der Scheiß hier? Alle Mann auf einen? - Will sonst noch einer von Euch Trotteln Ärger mit mir?" fragte ich in die Runde.

Keiner von den Deppen schien sich für den alten Boss einsetzen zu wollen.

„Ich bin der Alfons."

„Ich bin Micky."

Ab jetzt hatten hier zwei Andere das Sagen.

Mein neuer Freund Micky und ich.

Was uns außerdem noch miteinander verband war der gleiche Dialekt.

Wie sich herausstellte kamen wir aus derselben Heimatstadt, nämlich Koblenz am Rhein.

3. Undercover - Hunsrück I

Zwei Wochen nach den Ereignissen in der Eifel traf ich Micky wieder.

Der Eifel hatte er den Rücken gekehrt und war in die Heimat seiner Vorfahren auf die andere Seite der Mosel in den Hunsrück gewechselt.

Er fand das Gebiet in einem äußerst besorgniserregenden Zustand vor.

Der Kern des Problems war hier ein anderer. Nicht wie in der Eifel der Satanismus beunruhigte hier die Einheimischen, sondern es waren Panzerknackerbanden, die die Gegend unsicher machten. Im ganzen Hunsrück wurden die Tresore von kleinen Banken, Postämtern und reichen Privatleuten geknackt. An den Stammtischen in den Dorfkneipen war klar: das mussten absolute Spezialisten sein. Der allgemeine Tenor ging dahin, das waren Russen und zwar, nach dem Zusammenbruch der Sowjetunion, arbeitslos gewordene Geheimdienstleute des KGB, die sich die Hunsrücklandschaft zur Zeit als Beuterevier auserkoren hatten.

Micky hatte es innerhalb kurzer Zeit geschafft an einer Menge Stammtischen und Tresen die Sympathien der hier Einheimischen zu gewinnen. Er hatte den Leuten klargemacht, er sei in die alte Heimat zurückgekehrt, um sich um das Russenproblem zu kümmern. Er sei nämlich Undercoveragent, speziell für diese Angelegenheit. Micky hatte daraus eine ziemlich große Sache gemacht.

„Man muss halt weltmännisch auftreten." war Mickys Spruch.

So ein Mann brauchte natürlich sein Bier nicht selber zu bezahlen.

Viele ältere Personen kannten noch einige von Mickys Vorfahren. Berühmte Originale aus der Gegend wie Hannesse Dünne oder Grewe Häns und Zarte Dicker.

Das bedeutete: dieser Mann war also wirklich einer von ihnen.

Dann, so leuchtete ihnen ein, musste wohl auch die Geschichte mit dem Spezialagent stimmen. Soviel war mal sicher: Der Typ ist echt.

Balsam für die Nerven der beunruhigten Bevölkerung.

Der Staat hatte sie und ihre Sorgen doch nicht vergessen.

Ruhe- und rastlos wie Micky war, hatte er in der kurzen Zeit alle kleineren Nebenstraßen, Feld-, Wald- und Schleichwege mit dem Auto abgefahren. Die Wanderwege wie Erbachklamm, Baybachtal usw. hatte er zu Fuß abgelaufen. Immer auf der Suche nach verdächtigen Gestalten oder Hinweisen, die auf Verstecke der Panzerknacker deuten könnten.

„Immer dranbleiben!" meinte Micky.

Micky kannte mittlerweile jedes einsame Gasthaus, jede Waldschenke, Mühle, Burg oder Ruine in der ganzen Umgebung.

Außerdem hatte er sich auch irgendwie eine Plakette besorgt, die an der Windschutzscheibe seines grünen VW-Passat klebte, mit der Aufschrift:

„FORSTVERWALTUNG".

Sein Äußeres hatte sich auch verändert. Er trug jetzt grüne Jägerklamotten und eine schärfere Sonnenbrille, Marke: „amerikanischer Highway–Polizist". Für Kneipenauftritte zog er sich schwere Wildlederstiefel an, die Hosenbeine hineingesteckt. Es waren unverwüstliche Treter, die es wahrscheinlich nur in Spezial-Jagdgeschäften gibt.

Ansonsten lief er wie immer im Sommer barfuß.

Sein neuer Begleiter war ein Hund, ein Malamut. Sah aus wie ein Wolf. Malamute sind Alaska-Schlittenhunde, größer und schöner als Huskys. „Nora" hieß die junge Hunde-Dame. Ein Hundezüchter und Fan des neu in der Gegend aufgetauchten Spezialagenten hatte ihm dieses wertvolle Tier zum Geschenk gemacht.

„Nora redet nicht viel." sagte Micky zu mir, als er mir den Hund vorstellte. Wahrscheinlich wollte er damit sagen, dass die Hundedame nicht bellt.

Und in der Tat, das Tier war ein ausgeglichenes und ruhiges Wesen.

Wir saßen nachts zu dritt an einem Feuer und die Hündin hörte genau wie ich den Erzählungen von Micky zu. Nur ab und zu hob sie den Kopf und spitzte die Ohren in die Richtung, wo sie ein Geräusch geortet hatte. Aber ohne aufzustehen. Sah sehr souverän und cool aus.

Na, wenigstens einer von den beiden hat hier die Ruhe weg und behält den Überblick, war mein Gedanke.

Der Hunsrück ist auf seinen Höhenrücken, wo die Bauern ihre Felder und Weiden haben, eine windige, ungemütliche und abweisende Sache. Seine

schöne, liebliche Seite sind die zur Mosel abfallen-
den Schieferhänge und-täler. Bewachsen mit uralten
Krüppel- und Bonsai-Eichen. Sie wachsen auf dem
kargen Schieferboden nur sehr langsam und sind als
Nutzholz vollkommen ungeeignet. Daher können
sie in Ruhe wachsen und alt werden. Im Sommer
eine wunderbare Gegend. Der Schiefer reflektiert
die Wärme.

Micky hatte sein Hauptlager an der Kesselbach aufgeschlagen, ein Grundstück, das noch im Besitz einer Erbengemeinschaft seiner Familie war. Zwischen Obstwiesen läuft die Kesselbach, eigentlich
ein Rinnsal, in einer breiten Wiesensenke Richtung
Wald hinunter. Dort fließt sie in die Erbach, welche
wiederum durch Schiefertäler der Mosel zustrebt.

Zwischen Wald und Wiese befindet sich ein un-
durchdringliches Buschwerk von Brombeerhecken,
Schlehen-und Weißdornsträuchern, so groß wie ein
Fußballfeld. Micky hatte einen schmalen Gang
durch das Dornengestrüpp gehauen und mittendrin
eine kleine Lichtung entdeckt. Hier hatte er ein kleines Zelt aufgebaut und einen Vorrat an Feuerholz
angelegt.

Frisches Bachwasser war vorhanden. Der Platz war
gut gewählt.

Sowohl durch die Senke, als auch durch das Di-
ckicht geschützt, konnte das Feuer nachts weder
von einer Straße noch von den umliegenden Huns-
rückdörfern gesehen werden.

Ich hatte gutes Gras mitgebracht.

Konnte Micky nicht schaden.

Konnte ihm nur gut tun bei seinem übermäßigen Alkoholkonsum, dachte ich mir.

Ich hoffte vielleicht hört er mir dann endlich auch mal zu.

Wir rauchten also manchen Joint und tranken Bier, aber am Reden war nur Micky.

Und seine Geschichten waren gut.

Kaum zu glauben was innerhalb der kurzen Zeit alles passiert war.

Irgendwo in der Gegend brannte ein Feuer, das ihn mal wieder in den Bann und magisch angezogen hatte.

Diesmal war es eine größere Motorradgang, Rocker, harte, trinkfeste Jungs. Zwei Tage dauerte es bis der komplette Alkoholvorrat plattgemacht war.

Ein großes Feuer und reichlich Sprit für alle.

Hier war Micky in seinem Element.

Als das Fest nach zwei Nächten vorüber war und Micky verkatert spät morgens erwachte, war kein Rocker und kein Motorrad mehr zu sehen.

Sein Wagen war allerdings auch weg. Einfach kurzgeschlossen.

Die Hauptpolizeidienststelle für die Gegend ist in der nächsten Kleinstadt am Rhein. Dort meldete er die Karre als gestohlen. Außerdem erzählte er auf dem gesamten Polizeirevier, welch wichtige Person er sei.

Beauftragter des Heimatschutzes im Kampf gegen die Panzerknacker.

Er machte den Beamten die Vorzüge einer Zusammenarbeit klar.

Es könnte für beide Seiten fruchtbar sein. Vielleicht könnten sie ihm eine Funkausrüstung oder ein Mobiltelefon zur Verfügung stellen?

Die Beamten fanden seine Gedanken interessant. Man wolle darüber nachdenken, hieß es, aber jetzt wolle man erst mal das Auto wiederfinden.

Einen Tag später wurde die Kiste dann auch tatsächlich gefunden.

Die Typen hatten sie einfach am Straßenrand stehen lassen. Der Tank war leer.

„Als ich dann mit meinem Auto wieder zurück zu meinem Platz hier kam" erzählte Micky weiter, „erwisch ich so'nen alten Knacker, wie er an meinem Bach Weidenruten schneidet. So ein kleines, altes, verhutzeltes Männlein. Ich bin aus dem Auto gesprungen und ihm über die Wiese entgegen gelaufen. *Was er hier mache? Das sei Privatgelände*, hab ich ihn angeschrien.

Entweder hat er gedacht, ich tu ihm was oder er glaubte ich sei wegen meinen grünen Klamotten und grünem Auto vom Forstamt. Jedenfalls hat er total Schiss gekriegt, hat das Bündel Weidenruten weggeschmissen und ist auf seinem lahmen Knatter-Mofa geflüchtet.

Das hat meinen Jagdinstinkt angestachelt.

Ich bin ins Auto gesprungen und hinterher."

„Echt mal?"

„Klar, was denn sonst? Dadurch, dass ich wenden musste, hatte er sich einen kleinen Vorsprung herausgefahren. Der Typ hing ganz flach und gebückt über der ollen Gurke, um die Krücke schneller zu machen. Im Dorf hätte ich ihn fast gehabt, aber er lies einfach die Mühle fallen und liegen, rannte die Treppenstufen hoch und zur Dorfkirche hinein.

Und somit hatte sich der Wicht auf geheiligten Boden gerettet.

Seit dem frühen Mittelalter gilt für Flüchtige an solchen Plätzen das Asylrecht. Vor so was hab ich Respekt. Verstehst Du?"

„Na klar! Aber ich denke der arme Kerl wusste bestimmt nicht, dass die Wiese hier überhaupt jemandem gehört." wendete ich ein. „Der hat hier bestimmt schon seit Jahrzehnten seine Weidenruten gesammelt."

„Nee" meinte Micky „Das war einer von der neugierigen, vorwitzigen Sorte. Nicht der Hellste im Kopp, aber so ein chronischer Schnüffler. Das hab ich dem angesehen. Beschränktheit und Neugier, so was ist eine üble Charaktermischung. Der hätte hier bestimmt mein Lager ausgeschnüffelt.

Dem musste ich einen Schreck einjagen. Der kommt bestimmt nicht so schnell wieder."

Als nächstes war Micky im Dorf nebenan ein Haus aufgefallen.

Originalton Micky: „Mensch dacht ich, das Haus hat doch mal den Pillers gehört. Entfernte Verwandte von uns.

Und jetzt steht da so ein fetter BMW mit 'nem Wiesbadener Kennzeichen in der Einfahrt.

Da stimmt doch irgendwas nicht. Da hab ich ne Nase für.

Es war zwar schon neun Uhr abends durch, die Sonne war gerade untergegangen, aber es war noch nicht dunkel. Also kein Grund die Sache zu verschieben und die Angelegenheit nicht zu überprüfen.

Ich hab dann energisch auf die Klingel gedrückt.

Eine glotzäugige Frau hat die Tür geöffnet.

Ich hab sie direkt gefragt ob sie das Haus gekauft oder nur gemietet hätten und bin dann gleich mit meinem Hund an ihr vorbei in den Flur gegangen. Irgendwas an mir musste sie irritiert haben. Vielleicht weil ich die Sonnenbrille noch anhatte oder ohne Schuhe dastand.

Ich nehme an, es war der Hund."

„Da hast Du wahrscheinlich Recht."

„Die giftige Kröte fing total verängstigt an nach ihrem Mann zu schreien.

>Herbert! Hilfe Herbert! Hier ist ein böser Mann mit einem Wolf im Haus. Herbert komm schnell!<

Herbert kam auch ganz schnell die Treppe hinunter gelaufen.

So ein Typ mit Rattengesicht.

Wir haben uns beide vom ersten Moment an nicht gemocht.

Er fing gleich an zu schreien: >Was machen Sie hier in meinem Haus?<

Ich konterte: >Und was machen Sie denn eigentlich hier auf dem Hunsrück?<

Er: >Das geht Sie gar nichts an!<

Ich: >Falsche Antwort, Mann!<

Er lief jetzt ganz rot an: >Raus aus meinem Haus! Ich ruf die Polizei. Verlassen Sie sofort mein Haus!<

Ich fing dann auch an zu schreien: >Die Polizei sollte mal lieber Sie überprüfen. Sie haben sich äußerst verdächtig gemacht.<

>Verschwinden Sie aus meinem Haus! Sie gemeingefährlicher Kerl.< keuchte der Typ.

>Wer von uns beiden der gemeine und gefährliche Kerl ist, das ist ja wohl keine Frage.< gab ich zur Antwort und tippte ihm mit meinem Finger auf die Brust. >Sie sind ja die verdächtigste Person, die ich in letzter Zeit überprüft habe. Und an ihrer Stelle und in ihrer Situation würde ich mal hier nicht so pampig werden.<

Seine Frau schien sehr sensibel zu sein. Sie nahm sich die Sache übertrieben zu Herzen. Sie raufte sich mit beiden Händen die Haare. Ihre Glotzaugen wurden noch größer und sie stammelte die ganze Zeit: >Oh Gott, oh Gott!< Den Zweitakter wiederholte sie in einer Tour. Hörte sich an wie ein Rap.

Dieser Rap ging dann meinem Hund langsam auf die Nerven.

Deshalb entschied ich mich zu gehen.

>Ich verlasse Sie jetzt. Aber die Sache hat ein Nachspiel.

Das lassen wir uns von einem Hessen hier auf dem Hunsrück nicht bieten. Ich komme wieder.< brüllte ich ihm im Hinausgehen noch entgegen."

„Ist ja ein Knaller! Groteske Szene, Micky! Starker Auftritt!" brüllte ich vor Lachen.

„Dat ging ja noch weiter. Ich bin dann noch mal hin."

Micky kam also dann noch mal wieder.

Es war der nächste Sonntag, Sonntag Nachmittag.

Je mehr er über die Sache nachgedacht hatte, glaubte er fest daran, dass er es hier, bei diesem Wiesbadener, mit einem Schwerverbrecher zu tun hatte.

Ich gab zu bedenken, es müsse heutzutage überhaupt nichts Verdächtiges dran sein, wenn ein Mann aus Wiesbaden, der Hauptstadt Hessens, sich entschieden habe mit seiner Frau auf den Hunsrück zu ziehen.

Wiesbaden liege zwar auf der anderen Seite des Rheins aber immerhin am Rhein und von hier vielleicht nur fünfzig Kilometer entfernt.

Außerdem haben wir mittlerweile ein grenzfreies Europa und demnächst soll es sogar eine einheitliche Währung geben.

Micky: „Hin oder her. Verbrecher bleibt Verbrecher, ob sie nun aus Russland oder aus Wiesbaden kommen. Diese ganze Haltung und die Ansichten von dem Typ."

„Nun ja! Zum Ansichten austauschen seid Ihr beide ja eigentlich nicht gekommen. Wie willst Du dann wissen, was der Typ für Ansichten hat?" gab ich weiterhin zu bedenken und ich fand meine Frage gut.

„Na, der ist mir direkt blöd gekommen und dann auch seine ganze Haltung. An der Haltung erkennt man auch die Ansichten. Die Haltung, der Blick und die Mimik. Da musst Du mal drauf achten. Besonders in der Mimik, da erkennt man den Verbrecher."

„Du bist ja auf dem Gebiet echt ein richtiger Spezialist geworden, Micky."

„Alles nur gute Beobachtung und richtige Analyse! Auf jeden Fall, hier auf dem Hunsrück spielt der

Kerl den braven Bürger und in Wiesbaden läuft er bestimmt immer mit einer fetten Zigarre im Mund herum und macht einen auf dicke Hose."

„Das sind schon tiefgründige Wahrheiten, die Du da aussprichst." nickte ich zustimmend.

„Außerdem hat der Typ eine total beschissene, entsetzliche Frisur. So eine Halbglatze, die er versucht durch zirkuläres Überkämmen zu verbergen.

Wer versucht seine Glatze zu verstecken, hat auch sonst was zu verbergen und hat garantiert Dreck am Stecken."

„Leuchtet mir ein."

„Na siehst Du? Jedenfalls hatte ich mir vorgenommen die Sache so nicht auf sich beruhen zu lassen. Da musste ich nochmal dazwischen grätschen."

„War ja klar."

Während seinen Erzählungen leuchteten Mickys Augen noch blauer als sonst. Und wie immer zappelte er bei seinen Darstellungen herum. Er fuchtelte mit den Händen und zuckte mit den Armen durch die Luft. Mimik und Körpersprache waren einfach sehenswert. Hier und da machte Micky eine Kunstpause. Und immer wieder wurde seine Story durch laute Brüller von uns beiden unterbrochen.

„Wie gesagt, ich kam also Sonntags Nachmittag wieder an dem verdächtigen Haus vorbei. Hoppla, was sehe ich da? Parterre steht ein Fenster auf."

„Und dann?"

„Da brauchte ich nicht lange nachzudenken.
Erst mal hab ich den Hund durchs Fenster geschoben und dann bin ich hinterher."

„Ich glaub´s ja nicht!"

„Klar was denn sonst. - Ich, erst mal weiter abgecheckt.

Aha, Frau und Mann sind auf der Terrasse.

Sie war dabei den Kaffeetisch zu decken und er lag auf der Hollywoodschaukel. Der Verbrecher hatte sein Handy am Ohr und war gerade mit seinen anderen Verbrecherfreunden am telefonieren.

Vorne in der Haustür steckte innen deren Haustürschlüssel. Ein riesiger Schlüsselbund mit einer Menge Schlüssel.

Um der Fluchtgefahr vorzubeugen, nahm ich den kompletten Schlüsselbund an mich und steckte ihn in die Hosentasche."

„Wahnsinn!"

„Du hättest ihre Gesichter sehen sollen, als ich durch die Verandatür mit meinem Hund auf die Terrasse kam.

Ganz langsam und cool."

„Sauber!"

„Mit mir hatten die sicher so schnell nicht wieder gerechnet.

Nicht an diesem gemütlichen Sonntag Nachmittag und erst recht nicht aus ihrem eigenen Hause kommend.

Die Frau ließ vor Schreck die Kaffeekanne fallen und der Verbrechertyp sprang wie von der Tarantel gestochen aus der Hollywoodschaukel hoch.

Er klammerte sich an sein Telefon und versuchte den Ausknopf an seinem Knochen zu finden.

>Sie, Sie!< stieß er nur hervor >ich rufe die Polizei.<

Normalerweise hat der Notruf bloß drei Nummern – 110 - Aber der Kerl war viel zu aufgeregt und verkrampft um die richtige Zahlenfolge hinzukriegen. Er vertippte sich andauernd. Das müsstest Du gesehen haben."

„Kann ich mir lebhaft vorstellen."

„Diesmal hatte ich meine Stiefel an, für alle Fälle. In meinem Stiefelschaft steckte mein langes Messer. Als ich das rauszog, kriegte die Frau einen fürchterlichen Schreianfall.

Ich wollte mir nur ein Stück Kuchen abschneiden.

Ich nahm nur einen Bissen. Dann warf ich den Rest meinem Hund hin.

Aber Nora war genauso cool wie ich. Sie roch nur kurz daran und verschmähte dann voller Abscheu das Zeug."

„Guter Hund!"

„Der hysterische Schreikrampf der Frau wollte nicht aufhören. Sie machte wirklich einen unheilbaren Eindruck auf mich.

Mittlerweile guckten von allen Seiten die Nachbarn über die Zäune. Vielleicht war der Sonntag Nachmittag doch nicht so gut geeignet für ein vernünftiges Gespräch."

„Wahrscheinlich!"

„Bis jetzt hatte ich keinen Ton gesagt. Und wenn ich es dabei belasse, würde mein Auftritt die richtige Wirkung bei denen hinterlassen."

„Sehr professionell und sachlich!"

„ Man könnte ja ein anderes Mal wiederkommen. Ich verließ die Szenerie durch den Garten.

Viel später merkte ich erst, ich habe ja noch deren Schlüsselbund in der Hosentasche."

„Mach Dinger!"

„O.k. Noch ein weiterer psychologischer Pluspunkt für mich.

Und ein weiterer Schock für die. Schließlich musste man sich ja nicht Alles gefallen lassen von denen."

„Natürlich nicht."

„Wer ich bin, wussten sie ja nicht und mein Autokennzeichen hatten sie auch nicht."

„So Typen wie Du laufen hier allerdings nicht allzu viele herum."

„Genau! Nach der Personenbeschreibung wusste die Polizei sofort bescheid, weil ich ja vor kurzem erst auf dem Polizeirevier wegen meiner geklauten Kiste gewesen bin.

Deshalb hatten sie mich auch zwei Tage später.

Ich hatte Schwein, dass sie keinen Alkoholtest gemacht haben.

Sie waren einfach froh für den Wiesbadener die Schlüssel wieder zu haben. Müssen wichtige Schlüssel von seiner Firma, oder was weiß ich, gewesen sein.

Trotzdem musste ich mit aufs Revier zum Verhör.

Den kompletten Bericht habe ich dann selber diktiert. Der Beamte hat vier Seiten brav runtergetippt.

Im Groben ging es darum:

Warum, wie und aus welchen ausreichenden Verdachtsgründen ich gehandelt habe usw.

Im Übrigen sei Wiesbaden nun mal als Brutstätte von Verbrechern bekannt. Das komme ja noch erschwerend hinzu.

Solch ein Mann und sein Verhalten provoziere Fragen, die man nicht ignorieren könnte. Alles Andere wäre eine Verschleierung der Tatsachen.

Dieser gefährliche unberechenbare Ganove würde die ganze Gegend in Verruf bringen und wenn man ihm keinen Einhalt gebiete, würde er mit wachsender Hemmungslosigkeit weitermachen.

Wenn Profis ihn ins Verhör nehmen würden, werde er sicherlich nur dummes Zeug daher schwatzen und sich garantiert verheddern.

Der zusammenfassende Satz war dann: Wodurch im Endeffekt mehr oder weniger bewiesen und geklärt wäre wieso der Mann aus Wiesbaden unter Beobachtung gestellt werden müsste.

Und zuletzt der abschließende Satz: Nur durch mein beherztes Handeln konnte Schlimmeres verhindert werden. Und die Welt hätte sonst nie etwas von diesem Schurken erfahren."

4. Undercover – Hunsrück II

Es waren Unmengen an Sprit, die Micky in letzter Zeit konsumierte.

Man musste das Ding beim Namen nennen: Micky hatte ein Alkoholproblem. Die Sache schien langsam aus dem Ruder zu laufen.

Was mir am meisten Sorgen machte, waren die im Auto auf dem Fußboden umherrollenden leeren, halbleeren und vollen Flaschen. Davon hatte er sich eine ernsthafte Sammlung zugelegt. Micky musste immer eine Flasche in Griffnähe haben, aus der er sich dann einen großen Schluck genehmigte. Ich hatte ziemliche Befürchtung, dass mal eine unters Bremspedal geraten könnte. Aber Micky betrachtete jeden gut gemeinten Rat als Angriff auf seine persönliche Freiheit. Er wisse selber was er vertragen und sich zumuten könnte. Er lies sich von nichts abhalten.

„Die Leber wächst mit ihren Aufgaben." musste ich mir von ihm anhören.

Vielleicht ist es sein Sternzeichen: Widder – immer mit dem Kopf durch die Wand.

Der Zug auf dem sich Micky befand hatte ein unheimliches Tempo aufgenommen. Er war Heizer und Helldriver zugleich. Geheizt wurde mit Sprit und der Kurs konnte nicht schräg und verrückt genug sein.

Deshalb musste ich nach einer Woche schon wieder bei ihm vorbei schauen.

Innerhalb einer Woche hatte sich folgendes auf dem Hunsrück zugetragen.

Micky dachte als nächstes müsse er mal zwei Burgen besuchen gehen, die er noch nicht abgecheckt hatte.

Sie liegen beide nicht weit von einander, jede auf einem anderen Hügel.

Auf der einen Burg, die eigentlich eine Ruine ist, finden seit Jahrzehnten Musikveranstaltungen und Feste statt. Das Publikum und die Veranstalter sind mehr dem linken Umfeld zu zurechnen.

Auf der anderen Burg, die besser erhalten ist, ist eher die rechte Scene anzutreffen. Seit ewigen Zeiten bekriegen sich im Sommer die Pfadfinder aus dem rechten und linken Spektrum, welche hier jeweils ihr Zeltlager aufgeschlagen haben.

Micky hatte zuerst seinen Gastauftritt in der Kneipe der linken Scene.

Der ganze Laden schien nicht gerade sehr kooperativ zu sein. Keiner wollte hier die Geschichte mit dem Spezialagent und der Russengefahr glauben. War einfach ein mieses Publikum. Keiner spendierte ihm hier ein Bier.

Das war Micky gar nicht gewohnt. Das brachte ihn schlecht drauf.

Er begann die Gäste zu provozieren und zu beleidigen. Als er sich dann noch mit der Wirtin anlegte, schmiss die Bedienung, gemeinsam mit einigen Gästen, ihn einfach aus der Kneipe. Die bösartige Wirtin belegte ihn noch mit einem Hausverbot für das ganze Anwesen. Man erklärte ihn zu einer „Persona non grata".

Micky drohte seinerseits damit, das letzte Wort sei noch nicht gesprochen und er werde wiederkommen. Einfach so abserviert zu werden. Der ganze Laden hatte den Respekt, den Micky hier sonst im Hunsrück genoss, vermissen lassen. Wie sollten sie auch Respekt vor ihm haben und an einen Spezialagent glauben, wenn er noch nicht mal eine Waffe vorweisen konnte. Und wenn es auch nur eine Schreckschusspistole sein würde.

Außerdem konnte so ein Teil auch behilflich sein, wenn man mal ein oder zwei Russen überraschte.

Und überhaupt suchten in letzter Zeit viel zu viele Leute Ärger mit ihm.

Also beschaffte sich Micky am nächsten Tag so ein Teil. Sie sah einer echten Pistole täuschend ähnlich.

Jetzt hieß es erst mal die Ankündigung „Ich komme wieder" wahr zu machen.

Originalton Micky:

„Den nächsten Nachmittag hatte ich mir ausgesucht, um mich bei denen in Erinnerung zu bringen. Die Pistole hatte ich in der Hosentasche.

Als ich dort ankam hatten sie die Schranke, so ein einfacher Schlagbaum, zu ihrem Gelände geschlossen.

Ich hielt an der Schranke und stieg aus.

Kaum hatte die Drecksbande mich gesehen, kamen sie auch schon zu Fünft den Weg runter, mir entgegen gerannt, um ihr Hausverbot durchzusetzen. Ich sprang über die Schranke und stellte mich breitbeinig hin. Dann nahm ich meine Pistole aus der Hosentasche und steckte das Ding demonstrativ vorne in meinen Gürtel. Es war ein Genuss zu sehen wie die Kerle abrupt stoppten und blöd glotzten."

„Oh, ja!"

„Ich also, hab dann ganz langsam und lässig die Schranke geöffnet, bin eingestiegen und dann betont langsam an ihnen vorbei auf ihren Platz gefahren.

Das war schon einmal ein guter Anfang. Die hatten jetzt Respekt. Ist ja wohl mal arschklar. Verstehst Du?"

„Na klar!"

„Ich hab´ mir gedacht, ich werde sie jetzt demütigen und bin extra runter zur anderen Burg, zu der Konkurrenz, zu den Rechten laufen. Außerdem muss man mit allen Lagern Kontakte knüpfen, wenn man in solch einer Mission unterwegs ist, wie ich.

Als ich an deren Burgtor kam, saßen draußen vor dem Eingang zwei Raben auf der Mauer. Ein gutes Zeichen dachte ich.

Ein Mann öffnete. Es war der Hausverwalter.

Er hat mich die ganze Zeit sehr zuvorkommend behandelt. Ich hab erst mal einen Humpen Bier bekommen und meinem Hund hat er Wasser gegeben. Dann hat er mir eine komplette Schlossführung gemacht und danach hab ich wieder einen Humpen Bier bekommen."

„Na, wahrscheinlich" meinte ich „hat dieser Mensch das Gefühl gehabt, er habe heute allerhöchsten Besuch, als er die beiden Raben und deinen Wolf gesehen hat. Hinter deiner Sonnenbrille hat er sicher nur ein Auge vermutet und somit gedacht, Du seiest Odin persönlich."

„Jo, Mann! Interessanter Gedanke. Da könntest Du Recht haben. Er hatte mich sehr respektvoll behandelt. Sein Respekt war vielleicht daher mehr als Ehrfurcht zu verstehen.

Jedenfalls bin ich dann so nach zwei Stunden wieder zu meinem Auto zurück.

Als ich oben ankomme bin ich von zwei Polizeiwagen zugeparkt. Von den Polizisten war nichts zu sehen.

„Wo sind die Bullen? Ich will hier raus." fragte ich die Typen, die schon vor zwei Stunden respektvoll Abstand gehalten hatten.

„Die suchen Dich. Die sind ausgeschwärmt Dich zu schnappen." bekam ich zu hören.

Ich überlegte was zu tun sei.

Das Heck hatten sie mir zugeparkt und vor meinem Auto lag ein riesiger Stein, nicht weg zu bewegen mit bloßen Händen.

Ich ging runter und brach den Schlagbaum ab. Bin nun mal Bildhauer und weiß wie man einen solchen Brocken bewegt."

„Auf jeden Fall!" nickte ich zustimmend.

Als ich anfing den schweren Felsen weg zu hebeln, schrie einer der Brüder von der linken Gemeinde nach der Polizei.

„Hier ist der Verbrecher. Er will abhauen."

Ich checkte dann die Lage. Zwei Polizisten waren unten am Hang. Sie sahen mich und schrien:

„Halt stehen bleiben!"

Woher sie wussten, dass ich es bin, weiß ich nicht. Mittlerweile bin ich ja in der Gegend bei denen bekannt. Oder die sahen den Schlagbaum in meinen

Händen und konnten sich denken, was ich vorhatte. Die würden auf jeden Fall eine Zeitlang brauchen bis sie den Pfad hinauf gekeucht sind.

Ich machte mich weiter daran den Felsbrocken weg zu schaffen.

Mittlerweile stand die ganze linke Gemeinde da und gaffte. Sie blieben weiterhin mit Respekt auf Distanz. Ich hatte jetzt mein Publikum. Aber statt mich anzufeuern, feuerten Einige von ihnen die Bullen an, durch zu halten bei ihrem Spurt berghoch."

„Das war nicht fair."

„Ja, sonst meckern diese Typen immer gegen Polizei und Militär und hier schrien sie um deren Hilfe.

Ich war jedenfalls schneller als sie. Nora und ich stiegen ein und rauschten ab. Die Bullen sahen nur noch meine Staubwolke."

Micky kannte sich aus in der Gegend.

Er benutzte auf seiner Flucht nur die kleinen Feld- und Waldwege.

Siebzehn Polizeifahrzeuge und ein Hubschrauber waren im Einsatz ihn zu suchen. Netzfahndung. Sie begannen ihm auf die Pelle zu rücken.

Micky beging dann einen Fehler.

Die ganzen Flaschen, nach denen er im Auto fingerte, waren leer.

Ein echtes Dilemma.

Fast so schlimm, als hätte er vergessen den Wagen zu tanken und der Zeiger stünde schon auf Reserve.

Für Karachofahrten und rasante Verfolgungsjagden musste der Alkoholpegel stimmen.

An der nächsten Waldschenke, einer Mühle, hielt er an.

Zum gemütlich Schlürfen war keine Zeit. Er kippte auf die schnelle zwei doppelte Cognac.
Tat gut. Balsam für die Nerven.
Als er dann wieder ins Auto stieg, sah er im Rückspiegel den Polizeiwagen kommen. Die Spezialisten der Staatsgewalt sprangen aus dem Auto und kamen in ihren schusssicheren Westen mit Maschinenpistolen auf ihn zu gelaufen. Die Show war vorbei. Micky verhielt sich ruhig und ließ sich festnehmen. Er war jetzt im Würgegriff des Gesetzes. Die Bullen behandelten ihn ziemlich grob. Aber als sie merkten, um was für ein Imitat es sich bei der Waffe handelte und dass aus ihr noch nie geschossen worden war, entspannte sich die Lage.
Micky konnte dann wieder auf dem Revier seine Meinung diktieren. Der Beamte tippte wieder mehrere Seiten Traktate.

Micky erlitt jedoch das Schicksal, wie das der meisten Schluckspechte.
Sein Führerschein war erst mal eine Zeitlang weg.
Er hatte zu viel Promille im Blut.
Obwohl er das Auto noch nicht einmal gestartet hatte, wurde es trotzdem als Fahrversuch gewertet, weil der Schlüssel im Zündschloss steckte.
„Wie kann denn das sein?" war Mickys Meinung vor Gericht.
„Wat is dat denn für ne Tour? Wo bin ich denn?
Schließlich könne man einen Mann ja auch nicht als einen Vergewaltiger verurteilen, wenn er sein Ding zwar schon aus der Hose geholt, aber das Teil noch nicht bei dem Weib eingelocht hätte. Da könne man

ihn höchstens als Exhibitionist bestrafen. Solche Fragen müsste man sich ja wohl mal stellen. Und überhaupt und so."

Die Richterin war gar nicht von diesem Vergleich begeistert. Sie drohte ihm, wenn er weiterhin vor dem hohen Gericht solche widerwärtigen Reden schwingen würde, werde sie ihn mit einer empfindlichen Geldstrafe belegen oder gar für eine geraume Zeit wegsperren lassen.

Die Fahrerlaubnis war weg und Micky zog sich aus der Mission der Russen-Fahndung zurück und verlies den Hunsrück. Sein nächster Stützpunkt war Luxemburg.

Aber das ist eine andere Geschichte.

5. Disco Tour

Manche Stories, die man erlebt hat, sind einfach von meinem Hirn vergessen worden. Vergessen und im Unterbewusstsein verschüttet und vergraben. Wahrscheinlich durch einen Filmriss verursacht, bedingt durch übermäßigen Alkoholgenuss. Und je länger die Geschichte begraben liegt, desto unwahrscheinlicher ist es, dass sie noch mal nach oben gespült wird.

Vor kurzem traf ich Hotte, den ich seit den siebziger Jahren nicht mehr gesehen hatte. Für ihn war die Story nicht vergessen und noch voll auf seiner Festplatte, weil er sie des Öfteren erzählt hatte. Als er sie mir erzählte, dämmerte es mir. Ganz langsam stieg die Sache aus meinem Unterbewusstsein empor. Das Ganze war tatsächlich so geschehen wie Hotte es mir erzählte. Und ich war damals dabei gewesen.

Als wir jung waren, wussten wir noch nicht einzuschätzen wo die Grenzen des Alkoholkonsums liegen. Die einzelnen Phasen von Lustig bis Koma waren in einem hemmungslosen und schwindelerregenden Tempo durchlaufen.

Wir waren zu fünft unterwegs. Wir campierten wild irgendwo zwischen Kirschbäumen auf einer Wiese im Hunsrück. Nicht weit weg vom Rheintal.

Wir hatten von einer Disco, oder so einem Tanzschuppen an der Mosel gehört. Da wollten wir abends hin. Ich glaube es war in Gondorf oder Kobern.

Wir hatten es auf die Landmädels abgesehen.

Nicht weit von Koblenz, wo Rhein und Mosel zusammenfließen, ist der Hunsrück noch nicht so breit. Man muss vom Rhein nur über den Buckel durch ein paar Dörfer fahren und ist dann schon an der Mosel.

Der Laden war auf den ersten Blick eine Enttäuschung. Mehr so ein bäuerlicher Tanzsaal als eine Disco.

Die Musik war auch nicht nach unserem Geschmack.

Wir tranken reichlich Bier und Schnaps bis uns die Szenerie besser gefiel. Langsam begannen wir uns auch auf den Sound ein zu grooven.

Nach noch mehr Alkohol sprangen wir dann auf die Tanzfläche und sorgten für Stimmung. Besonders Micky fiel durch seinen Tanzstil auf.

Es war irgendwie eine abgefahrene Mischung zwischen Ballett und Breakdance, obwohl der Breakdance damals noch gar nicht erfunden war.

Mit der Zeit schaffte Micky sich immer mehr Platz auf dem Parkett.

Die Stimmung schwappte über und am Ende standen alle Leute im Kreis um ihn herum und klatschten im Rhythmus mit.

Später erlebte ich Mickys Show des Öfteren auf unseren Teppicheinkaufstouren in der Türkei. Wenn wir unterwegs irgendwo eine Hochzeitsgesellschaft oder ein Fest im Freien entdeckten, meist waren es Nomaden, war Micky dabei. Er stoppte den Wagen,

rannte sofort Richtung Musik und stürmte die Tanzfläche. Höhepunkt seiner Darbietungen waren immer die Pirouetten. Er drehte sich auf einem Fuß auf
den Zehenspitzen stehend in einem Affentempo wie
ein Derwisch oder eine Primadonna im Kreis.

War also doch nicht so ein schlechter Ausflug an die
Mosel.

Als wir an die frische Luft kamen, merkten wir erst
wie viel wir getankt hatten.

Einer musste fahren.

Es dauerte eine Zeitlang bis wir ausgekaspert hatten, wem wir zutrauten die Strecke zu unseren Zelten zu schaffen.

Micky kam auf keinen Fall in Frage. Er hatte am
meisten gegast und hatte einen Alkoholspiegel, der
knapp an der Grenze zu einer Alkoholvergiftung
lag.

Mir trauten alle Anderen das Fahrmanöver überhaupt nicht zu.

Als Autofahrer taugte ich damals noch nicht all zu
viel. Ich hatte zwar vor kurzem den Führerschein
erworben, aber sowohl ohne, als auch mit Fahrerlaubnis, hatte ich schon eine Menge Autos meiner
Freunde zu Schrott gefahren. Ich brachte damals
einfach nicht das angeborene Talent eines guten
Chauffeurs mit. Mir fehlte noch das nötige ausge-
prägte Feingefühl zum unterscheiden der Fußpeda-
le. Die Anderen hätten mich auch nicht fahren lassen, wenn ich der einzig Nüchterne gewesen wäre.

Gegen Fiete als Driver legten wir allesamt auch ein
Veto ein.

Ich dachte immer sein Name wäre ein Spitzname. Ein Mischung aus fies und fettig, weil er so fiese, fettige, lange Haare hatte. Aber später stellte ich fest, dass es diesen Namen wirklich gibt, besonders im norddeutschen Raum.

In Sachen Kraftfahrzeug war Fiete ein absoluter Dilettant. Fiete hatte nicht nur fiese, fettige Haare, sondern auch dermaßen dicke Brillengläser, dass er fast blind sein musste. Wir wunderten uns alle, wie er bei der Führerscheinprüfung überhaupt den Sehtest gepackt hatte. Er besaß zwar ein Auto, aber wenn man ihn so verkrampft hinter dem Lenkrad sitzen sah, bekam man Angst um ihn. Man hatte das Gefühl er sieht gar nichts und fährt nur auf Verdacht. Jeder fragte sich, wie er das wohl machte, das Chauffieren eines Fahrzeugs. Er hatte überhaupt keine Peilung.

Sein Fahrzeug sah auch dementsprechend aus. In der kurzen Zeit, seit dem er sein Auto besaß, hatte die Kiste überall Schrammen und Beulen bekommen. Mülltonnen räumte Fiete regelmäßig ab und schlecht geparkte Autos waren auch seine Opfer. Außenspiegel war das Mindeste, was er abrasierte.

Außerdem hatte Fiete nicht allzu viel Gehirnschmalz. Er war eben nicht gerade ein Einstein. Das einzig Wahre für ihn waren Comic-Hefte. Helden und Abenteuer, das war seine Welt. Damit kannte er sich bestens aus. Er hatte auch eine Freundin. Sie hatte genauso dicke Brillengläser wie er. Er hatte ihr versprochen sie gegen alle Bösewichte und Aliens zu verteidigen.

Fiete gab keinen besonders interessanten Menschen ab. Er gehörte halt damals irgendwie dazu. Das Coolste an Fiete waren seine breiten Hosenträger, die er zu jeder Hose trug. Er machte einen Kult daraus und sie ließen ihn tatsächlich entschlossener und ein bisschen intelligenter aussehen.

Also wie gesagt, Fiete als unser Chauffeur heute, das ging überhaupt nicht. Hinter dem Lenkrad, das war der Platz, wo er definitiv nichts zu suchen hatte.

Dann waren da noch die beiden Apostelbrüder.

Hotte und Fritz Apostel. Hotte war der Älteste von uns allen. Und er war auch ohne Frage der hervorragendste Fahrer unserer Truppe. Nur leider besaß er keine Fahrerlaubnis. Er hatte noch nie eine besessen. Er hatte weder Fahrstunden noch eine Prüfung gemacht. Seit Jahren fuhr er den Wagen seines verstorbenen Onkels. Man hatte ihn noch nie erwischt.

Am Ende setzte sich Fritz Apostel durch.

Fritz, ein absoluter Schluckspecht, hatte zwar fast genauso Schlagseite wie Micky, aber er machte uns allen am Ende lautstark klar:

Es sei ja nun mal sein Auto und den anderen betrunkenen Vögeln wolle er nicht seinen guten Wagen anvertrauen.

Fritz fuhr Schlangenlinien. Und das Ganze in einem absoluten Schneckentempo. Der Süffel hing mit dem Kopf über dem Lenkrad und glotzte durch die Windschutzscheibe.

„Oh Mann, Oh Mann! Ich hab irgendwie ein eingeengtes Sichtfeld. Ach du Scheiße, ich muss gucken, dass ich den Wagen auf der Straße halte." waren seine andauernden Sprüche.

In den vierten Gang traute er sich nicht zu schalten. Wir krochen im dritten Gang im Zickzack dahin.

Als wir durch ein Dorf fuhren war es plötzlich passiert.

Fritz machte eine Vollbremsung vor einer Wand. Er hatte die Kiste sauber im letzten Moment gestoppt und in einer offenen Garage geparkt.

Für damalige Verhältnisse war es eine moderne Garage. Denn kaum hatte Fritz gestoppt, schloss sich hinter uns automatisch das Garagentor.

Für das hervorragende Stoppmanöver hätte Fritz Apostel eigentlich einen Applaus von uns allen verdient gehabt. Aber er hatte uns in eine heikle Lage gebracht. Soviel war mal sicher. Wir brauchten erst mal eine Weile um die Situation zu entwirren und zu begreifen, was überhaupt los war. Gemeinsam in einem Auto und gleichzeitig in einer Garage gefangen zu sein, gab uns irgendwie doppelt das Gefühl in einem Boot zu sitzen. Förderte irgendwie das Zwischenmenschliche und das Gemeinschaftsgefühl, z.B. bei einer Runde Zigaretten. Aber hier war jetzt keine Zeit zu philosophieren. Wir mussten den Schalter finden um die Garage zu öffnen. Bis wir den dann endlich gefunden hatten, dauerte es eine Ewigkeit.

Jetzt aber bloß weg von hier!

Aber alle waren wir nun der Meinung: hier musste ein Fahrerwechsel vorgenommen werden. Die Bremsleistung von Fritz war gar nicht mal so schlecht. Daran war nichts auszusetzen, aber sein Fahrstil war heute einfach unvollkommene Kunst.

Hotte Apostel übernahm das Steuer.

„Ehrensache!" war sein Spruch.

Seine Fahrweise war das andere Extrem. Er trumpfte richtig auf. Hotte fuhr ziemlich schnell. Besonders wie es wieder bergab Richtung Rhein ging. Er hatte einen Affenzahn drauf als er in die letzte Ortschaft bretterte.

Hotte hatte einfach eine natürliche Begabung im Umgang mit Kraftfahrzeugen. Er war halt ein begnadetes Talent.

Irgendwie bekam aber unser Wagen dann einen Gong von einem dieser am Straßenrand parkenden miesen Autos. Und zwar dermaßen, dass diese gemeine Kiste unsere Karre aus dem Takt brachte. Hotte stand auf der Bremse und wir drehten uns auf ein und derselben Stelle im Kreis. So wie Micky auf der Tanzfläche. Der totale Drehwurm.

Es dauerte ewig bis der Wagen abgewürgt auf der Straße still stand.

Wir standen wahrscheinlich unter Schock. Einen schrecklich langen Moment rührte sich keiner und sagte etwas. Der Moment dauerte mindestens zwei oder drei Minuten lang. Alle saßen wortlos da und stierten vor sich hin.

Wo bin ich? – war mein Gedanke.

Wir waren hier irgendwie brutal gestoppt worden. Da musste man sich nichts vormachen.

Nur Micky hatte nichts mitgekriegt oder falsch verstanden. Er hatte gedacht, wir hätten geparkt und er befinde sich in seinem Zelt. Er fing an sich auszuziehen und kauerte sich splitternackt auf dem Beifahrersitz zusammen um zu schlafen.

Wie wir dann wirklich zu unseren Zelten gekommen sind, weiß ich nicht mehr. Ab diesem Zeitpunkt hatte ich einen Filmriss.

6. Mona

Wir waren noch sehr jung. So siebzehn, achtzehn und neunzehn Jahre alt.

Für unglaubliche 265 Mark im Monat hatten wir einen kleinen Bauernhof im Westerwald gemietet. Nicht weit von Hadamar beziehungsweise Limburg an der Lahn. Ein Haus mit Nebengebäuden. Mit einer alten Mauer gesäumten Zufahrt und einem großen hölzernem Eingangstor. Die Gebäude waren so angelegt, dass sie einen eigenen Innenhof bildeten und so vor Blicken von außen schützten. Um die Gebäude lagen die Gärten. Das Ganze lag wie eine idyllische Insel mitten im alten Ortskern.

Wir bauten unser Gemüse selber an, hatten ein paar Hühner und fuhren an den Samstagen nach Frankfurt auf den Flohmarkt. Unseren VW-Bus hatten wir dann bis unter die Decke geladen mit altem Trödel. Wir bekamen das Zeug von den Bauern in der Umgebung umsonst. Die hatten die Dachböden voll davon. In unserem Angebot hatten wir Raritäten, dazwischen Streustücke und Greifer-Ware. Die Leute rissen uns alles aus den Händen. Mitte der Siebziger Jahre waren die alten Klamotten wirklich gefragt. Wir arbeiteten eigentlich bloß zwei Tage in der Woche. Einen Tag um die Sachen zu besorgen und einen Tag um sie zu verkaufen. Wir hatten dann immer für alle von uns Geld genug, um den Rest der Woche abzufeiern.

So pfiffen wir nach kurzer Zeit auf Schule und Abitur mit dem sicheren Gefühl im Bauch, dass das Leben wunderbar ist. Immer den Wind im Rücken und immer vorwärts nach vorn, zum nächsten Abenteuer. Irgendwann würden wir schon durch die Schleier der Zeiten zu dem Punkt vorstoßen, wo wir weise, alte Männer sein würden. Aber das Alter war in weiter Ferne und wir lebten im Jetzt.

Wir, das war eine Grundbesetzung von vier Jungs. Zusätzlich wechselte in den nächsten drei Jahren immer wieder die Crew. Meist waren wir zu siebt oder zu acht. Und irgendwelche Spinner hatten wir immer wieder zu beherbergen. Typen, die für eine Zeit lang eine Bleibe suchten. Es waren eine Menge Scheinheilige dabei. Prediger und Menschen auf dem Pfad der Erleuchtung, die alle möglichen Götter anbeteten. Sufis, Fakire, Indienreisende und sogar echte Inder, die sich zu uns in den Westerwald verirrt hatten. Es gab Fanatiker religiöser und politischer Natur aus allen Richtungen. Hassprediger und Friedensapostel. Jeder auf seine Art die großen Visionen und das große Ganze im Blick. Oder für was es sich sonst noch lohnte zu leben und zu kämpfen.

Es waren Vegetarier dabei, die tagsüber von einem enthaltsamen und vegetarischen Leben predigten und nachts machten sich diese Hypokrit in der Küche heimlich über die Schinkenkeule her.

Wir hatten Alkoholiker und Junkies zu Gast, die uns beklauten. Einmal hatten wir einen ehemaligen Schiffskoch zu Besuch. Auf dem einen Bein hinkte er, so wie man sich einen echten Schmudje vorstellte. Er bekochte uns zwei Wochen lang gar nicht mal so schlecht und erzählte von der großen Welt da draußen. Dann, jeder hatte es eigentlich kommen gesehen, brannte er mit der vollen Haushaltskasse durch.

Ein anderes Mal hatte sich ein Grieche bei uns eingenistet. Er wurde als Terrorist gesucht. In Griechenland hatte er eine Polizeistation in die Luft gesprengt. Mir fiel immer die undankbare Aufgabe zu, diesen ganzen Personen klar zu machen, sie mögen doch bitte weiterziehen. Das taten sie dann auch. Meistens zogen sie nur ein paar Dörfer weiter in die nächste Landkommune um dort zu predigen und sich über die Kühlschränke her zu machen.

Und Mädels waren aus der Umgebung ständig zu Besuch. Jungfrauen, junge Frauen und reifere Damen. Im Sommer gingen wir gerne mit den Frauen in einem nahe gelegenen Baggersee baden. Meist waren wir die einzigen Badegäste. Deshalb war es möglich dort ungestört nackt zu baden. Und das taten wir damals am liebsten. Ob tagsüber oder nachts bei Vollmond, es war ein herrlicher Anblick die Frauen wie Göttinnen aus dem Wasser steigen zu sehen. Wenn wir Typen kurz danach aus dem Wasser auftauchten, hatten wir meistens schon einen Ständer. Und so ein schöner praller Lümmel sprach für sich und schaffte Tatsachen. Da brauchte man nicht mehr lange drum rum zu reden. Und die angebetete Göttin wusste auch gleich durch die Peilrichtung des Schwanzes, dass sie die gemeinte Dame war.

Es waren irre gute Zeiten. Es lag Liebe in der Luft. Wir hatten eine Menge Spaß und genügend Sex.

Reichlich Damen schleppte damals Steve ab. Auf Steve Marx standen einfach die meisten Frauen. Vielleicht weil Marx genauso wie Sex mit „X" endet. Aber ich glaube es war eher sein Goldzahn. Steve hatte sich im Oberkiefer einen Goldzahn einsetzen lassen. Einer der beiden äußeren Schneidezähne. Aber nicht weil das hätte sein müssen. Sein Zahn war gesund, aber er fand das einfach schick. Und die Bräute sahen das genauso. Steve saß einfach da mit seinem breiten Kinn und seinem breiten Lächeln. Immer die Lippen schön auseinander gezogen, damit man sein Goldstück sehen konnte. Sah richtig cool aus. Sehr schick. Er lächelte und lächelte. Er brauchte gar nicht viel zu sagen und hörte den Damen mit offenem Mund zu. Und solange der Goldzahn blinkte, hatten die Ladies das Gefühl, Steve Marx höre ihnen zu und ihre Geschichten seien für ihn interessant und lustig. Und Frauen scheinen Männer zu lieben, die zuhören können.

Unser Marihuana bauten wir natürlich selber an. Der gute Stoff für das entschleunigte und bessere Lebensgefühl. Im ersten Jahr hatten wir nicht so guten Erfolg. Der Samen war nicht so toll. Das Zeug turnte einfach nicht richtig. Im nächsten Jahr war das anders. Micky hatte in einer Limburger Samenhandlung indischen Hanfsamen entdeckt. Er kaufte den kompletten Vorrat auf. Zwei Kilo Samen.
„Indica Sativa" stand auf der Box. Eine frühe Kreuzung, irgendwie. Im darauf folgenden Jahr hatte der Laden den Hanfsamen leider nicht mehr im Programm.

Statt den Samen auf ein paar Jahre zu verteilen, hauten wir die vollen zwei Kilos auf einmal raus. Wir wussten nicht was da auf uns zukommen würde. Zwei Kilo Samen das sind eine Unmenge von Pflanzen. Der halbe Garten war voll. In der Einfahrt, im Innenhof und außen um die Gebäude stand an jeder Mauer und Wand das Kraut.

Im Spätsommer waren die Pflanzen riesig. Teilweise über zwei Meter hoch. Alles war zugewachsen.

Außerdem hatten wir von einem befreundeten, alten Bäuerlein ein Stück Land bekommen. Dort wuchsen außen herum Tomaten und innen Hanf. Wir hatten die Samen nicht in einen Setzkasten gesät, pikiert und dann gepflanzt. Der Samen war von uns einfach so wild ausgesät worden. Ein paar werden schon durchkommen, dachten wir. Aber irgendwie kamen sie alle durch. Und wer hätte gedacht, dass sie so gigantisch groß werden.

Langsam ging die Angst um, irgend so ein Maulwurf oder ein uns mies gesonnener Jemand könnte uns bei den Bullen verpfeifen.

Aber die Blüten mussten erst noch in Ruhe ausreifen.

Risikobereitschaft und Dope-Vorfreude setzten sich gegen Paranoia und Panikattacken durch.

Eines Tages standen jedoch zwei uniformierte Polizisten im Hof. Sie hatten Emilio, ein Spanier und Mitbewohner von uns, und sein Mädel auf einem Moped ohne Zulassung erwischt. Wir alle hatten ihm das prophezeit, dass sie ihn eines Tages wegen der unangemeldeten Knattergurke am Haken haben würden. Das war eine arschklare Sache.

Aber ausgerechnet heute?

Und noch nicht mal einen Ausweis dabei.

Einen der beiden Bullen kannte ich. Den hatte ich schon ein paar Mal auf einer Straßenkreuzung in Limburg gesehen. Er fuhrwerkte dort mit den Händen herum und gab Zeichen. Ein echter Könner seines Handwerks, wie man sie heute nur noch selten antrifft.

Die beiden Beamten standen auf den Treppenstufen zur Haustür und warteten auf Emilio, der seinen Ausweis im Haus suchte.

Links und rechts der Treppe standen die Hanfpflanzen und bildeten über den Köpfen der Polizisten einen Baldachin.

Es waren zwar nur Verkehrspolizisten aber trotzdem waren es Gesetzeshüter. Das war eine unangenehme Situation.

Ich war gerade dabei die Hühner zu füttern. Wir hatten einige gute Hühner, die wunderbare schöne Eier legten.

Vor ein paar Tagen aber hatte ich in der Zeitung gelesen: **„Legehennen zu verkaufen. Fünfzig Pfennige das Stück."**

Na, wenn das kein gutes Geschäft ist, dachte ich.

Ich fuhr zu der Adresse.

„Ich hätte gern zwanzig Legehennen."

Der Kerl kassierte die zehn Mark gleich im Voraus. Er hatte so ein Lächeln im Gesicht, das sicherlich bloß geheuchelt war. Dann nahm er mich mit hinein in sein Hühner-KZ. Als ich das Scenario sah,

78

wollte ich „Stopp!" oder „Irrtum" schreien, aber ich war einfach zu geschockt von dem Anblick, der sich mir da bot. Und außerdem hatte der Typ sowieso schon meine Kohle. Sein geheucheltes Lächeln hatte ich falsch gedeutet. Es war eher ein echtes, schadenfrohes Grinsen. Er haute einfach in zwei riesige Kartoffelsäcke je zehn Hinkel rein und hielt mir dann grinsend die beiden Säcke hin, die ich ja eigentlich gar nicht wollte.

„Hier, bitte schön."

Bevor ich noch richtig wusste was eigentlich los war, hielt ich diese Säcke in den Händen.

Ich weiß nicht, ob dieser Hühnerbaron überhaupt mit einem Kunden für seine elenden Viecher gerechnet hatte. Jedenfalls schien seinem Gesichtsausdruck nach, so ein Kandidat wie ich, zu seinen Lieblingskunden zu gehören.

Ich nahm die Viecher mit nach Hause. Vielleicht würden sie ja noch die nächsten Wochen ein paar Eier legen, dann hätte sich die Sache doch noch gelohnt. Und vielleicht würde den armen Tieren auch noch mal Federn nachwachsen.

Als ich sie in unser Gehege frei ließ, waren unsere guten, alten Hühner vollkommen entsetzt. Sie mieden jeden Kontakt mit diesen Horrorgestalten. Die Neuen hatten nicht nur kaum noch Federn, sondern auch lange, über Kreuz gewachsene Schnäbel und irre lange Krallen, die sie beim Laufen behinderten. Außerdem hing der Kamm so lang und schlapp auf einer Seite herunter, dass ein Auge vollkommen verdeckt war. Wahrscheinlich wäre es das Beste, wenn man diese Viecher mit klassischer Musik berieseln würde. Ich hatte so etwas mal gelesen von Kühen, die durch den Genuss von klassischer Musik mehr Milch produzierten. Oder vielleicht sollte ich diesen Vögeln ab und zu mal etwas vorsingen. Jedes von diesen Wesen schiss noch genau ein Ei heraus. Allerdings ohne Schale. Ansonsten saßen sie nur auf einer Stelle und zitterten weil ihnen kalt war. Ich musste mir von meinen Mitbewohnern schlimme Häme wegen des Einkaufschnäppchens gefallen lassen. Ich hatte ihnen die Vögel als seltene Exoten vorgestellt, aber das nahm mir keiner so richtig ab.

Jetzt, wo die Bullen im Hof standen, war der Zeitpunkt gekommen, um die armen Kreaturen von ihrem Leid zu erlösen. Ich musste die beiden Beamten ablenken, bevor einem von ihnen der Pflanzenbewuchs im Hof auffiel. Verwirrung stiften war jetzt angesagt.
Ich also schnappte mir die Axt und schickte mich an, ein Huhn nach dem anderen zu köpfen.
Es war ein riesiges Blutbad. Manche von ihnen rannten noch ein letztes Mal ohne Kopf in alle Richtungen durch den Hof. Die beiden Polizisten schauten entsetzt zu. Wahrscheinlich hatten sie solche schlappen Hühner auch noch nie gesehen.
Während der ganzen Enthauptungsprozedur erzählte ich den Beiden von meinem Fehleinkauf. Und dass diese ewig schlecht gelaunten Vögel jetzt reif wären. Die Geschichte war schnell erzählt und unser Emilio hatte seine Dokumente immer noch nicht gefunden. Es waren noch genug Hühner zu köpfen.

Ich begann den Uniformierten jetzt jedes einzelne Hinkel vorzustellen, welches ich mir griff.

„Dieses Huhn hier gibt nur trübsinniges Gebrabbel von sich." – Zack –

„Und dieser Zwitschervogel hier verfällt sofort ins Schielen, wenn er sich erschrickt." – Zack –

Es lies sich mit der Zeit immer besser an. Der Akt des Tötens geriet zur Nebensache. Wichtig war eine neue Story für jeden totgeweihten Vogel zu präsentieren. Die Sache, die ich die ganze Zeit in aller Schlichtheit hinter mich bringen wollte, geriet zu einer Performance. Sogar die Hühner waren jetzt viel ruhiger und nahmen ihr Schicksal ziemlich gelassen.

„Dieses Federvieh ist dasjenige, was am meisten sabbert. Warum auch immer?" – Zack –

„Und dieser verlotterte Vogel kriegt ab und zu spastische Zuckungen."-Zack-

„Und das Original hier ist ein Krakeeler. Von dem hört man nachts die grässlichsten und abartigsten Laute." – Zack –

Ich kam richtig auf Touren. Und das Bullenpärchen musste bei der Stange gehalten werden.

„Diese Tante furzt von allen Hühnern am meisten und am lautesten."-Zack-

„Und hier dieser lustige Vogel ist total nikotinsüchtig. Es frisst jeden Zigarettenstummel, den man ihm hinwirft." – Zack –

„Dieses arglistige Biest ist das Viech mit den bösartigsten Gedanken. Ein echter Terrorvogel. Er brütete in seinem Hirn nur Boshaftigkeiten aus."

– Zick-fast ab - Zack-ab –

„Das hier hat manchmal Kopfschmerzen und zuckt dann mit den Augenbrauen." – Zack –

„Und dieses arme, gramgebeugte Wesen hat innerhalb der letzten beiden Tage schon zwei Selbstmordversuche hinter sich." –Zack –

Immer noch fünf Hinkel zu köpfen. Langsam gingen mir die Ideen aus.

Wo bist Du Emilio, Du Pfeife?

Die Staatsgewalt hatte ihn wohl in eine Schockstarre versetzt. Sonst will er immer ganz vorne mit dabei sein und jetzt verkriecht er sich irgendwo.

Emilio war immer schon so ein sensibler Kerl, aber macht der jetzt einen auf Vogel Strauß und steckt den Kopf unters Kissen, oder was? Wahrscheinlich musste die Knalltüte sich erst mal so einen kleinen Sticky drehen um seine Nerven zu beruhigen. Ne, so blöd konnte das alte Suchthuhn doch nicht sein.

Hier steht mehr auf dem Spiel als ein Verkehrsdelikt. Emilio schien das überhaupt nicht zu begreifen. Der Gemeinschaftssinn ging ihm völlig ab. Hier ging es doch um unsere Sache, Mann. Echt mal! Na, da konnte man später drüber nachdenken. Da musste man mit Emilio noch mal drüber reden. Jetzt war hier erst mal die Frage: Wie lange konnte ich die, für die Bullen befremdliche Szene, noch aufrecht erhalten, ohne dass ich sie langweilte?

Endlich ließ der Spanier sich blicken.

Nach den Formalitäten zogen die Bullen dann ab.

Erst jetzt schaute ich mir mein Werk an. Tod und Blut überall.

Aber mein Ablenkungsmanöver war gelungen und die Schlachtung der Hinkel, die ich die ganze Zeit vor mir hergeschoben hatte, war dermaßen schnell erledigt, dass ich selber überrascht war. Jetzt brauchte ich erst mal einen After- Work- Drink, was Alkoholisches. Und dann das Schlachtfeld aufräumen. Und dann einen tiefen Zug von einem Joint.

Essen wollte dieses Hühnerfleisch jedoch keiner von uns. Sie landeten alle auf der Müllhalde. Nur eines der Hinkel bekam Lupo, unser Hund.

Über den Namen unseres Hundes waren wir uns damals uneins. Er hieß eigentlich Bruce Lee. Aber Karate zählte nicht zu seinen Stärken. Und aus diesem Grunde war er für die meisten Rudelmitglieder und Besucher der Lupo.

Eins jedoch war uns allen jetzt klar geworden. Die Sache mit dem überraschenden Besuch der Bullen mitten in unserer Ganja-Idylle war gerade nochmal gut gegangen. Aber es war an der Zeit, dass das Marihuana jetzt langsam abgeerntet werden musste. Darin waren wir uns alle einig. Wir fingen dann an die Pflanzen abzuschneiden und in der Scheune und auf dem Dachboden zu trocknen. Aber es waren einfach zu viele.

Wohin mit dem Zeug?

Wir gaben allen Freunden und anderen Landkommunen im ganzen Umkreis bescheid, dass es Gras in Mengen gäbe. Umsonst, wir wollten gar nichts an der Sache verdienen. Alle waren happy.

Wirklich happy aber waren alle, als das Zeug getrocknet war und man es rauchen konnte. Das war einfach ein unglaubliches Supergras, was wir da angebaut hatten. Und das meiste hatten wir verschenkt.

Überall machten die Leute Geld mit unserem Gras. Im Westerwald, auf dem Taunus, im Hunsrück, in der Eifel, am Main und im Rheinland tauchte unser gutes Dope auf. Und wenn jemand erwischt wurde, waren die Spezialisten der Drogenfahndung der Meinung, dass das Gras eine bis dahin nie gesehene Qualität darstellte. In Wiesbaden machten sie einen Labortest und konnten feststellen, dass das Zeug auf Westerwaldboden gewachsen sei. Die Qualität wurde auf „1A Plus" eingestuft. Absolute Spitzenklasse. Und wenn ich heute zurückdenke, über die ganzen Jahrzehnte, habe ich nie mehr ein solch gutes Gras in die Finger bekommen. Die Superzüchtungen aus Holland, die junge Leute heute rauchen, machen teilweise einfach zu stoned und man sitzt da wie gelähmt. Unser Stoff war der absolute Champagner. Vielleicht lag es an dem Samen. Oder an unserem Boden oder dem sonnigen Jahr. Irgendwie waren die Sommer Mitte der siebziger Jahre hintereinander alle gut. Heutzutage weiß man, man muss die männlichen Pflanzen eliminieren, damit die weiblichen Pflanzen ihre optimale Wirkungskraft entfalten können. Davon hatten wir damals überhaupt keine Ahnung und trotzdem ist uns, ohne uns viel um die Pflanzen zu kümmern, eine solche Qualität gelungen.

Plötzlich fiel uns ein, wir hatten ja im Frühjahr bei Steves Opa, der im Winter verstorben war, in dessen Garten noch reichlich Samen ausgesät.
Das Dilemma war, der Garten befand sich, vom Westerwald aus gesehen, ziemlich weit im Süden.

Von Heidelberg den Neckar einige Kilometer fluss-aufwärts. Kein Mensch hatte sich seit der Aussaat im Frühjahr um die Pflanzen und den Garten ge-kümmert. Jemand musste da runter fahren und das Zeug abernten. Wenn es überhaupt etwas zu ernten gab. Die Erde in dem Garten war schließlich eine ganz andere als die im Westerwald. Und hier bei uns hatten die Pflanzen wenigstens ab und zu Was-ser bekommen.

Mona war bei uns zu Besuch.

Sie besaß einen hellblauen VW-Käfer. Sie und ich beschlossen am nächsten Tag mal die Reise anzutre-ten um nachzuschauen, ob da unten etwas zu ernten wäre.

Unterwegs sein, on the Road, es rollen zu lassen, dafür war ich damals immer zu haben. Und erst Recht mit so einer interessanten Frau wie Mona.

Es war ein Freitag. Ich hatte eigentlich keine großen Hoffnungen, dass dort irgendwas gewachsen sein könnte. Wahrscheinlich fuhren wir umsonst.

Wäre auch nicht schlimm. Mona war ne super Braut. Eine Frau mit Soul in der Stimme. Sie war immer gut gelaunt und hatte so eine herzliche Lache. Ihr Lachen war einfach ansteckend. Es machte Spaß mit ihr unterwegs zu sein.

Wir fuhren die ganze Strecke nur Landstraße und ließen uns Zeit.

Dadurch kamen wir erst am Nachmittag auf dem Grundstück an.

Wir konnten die Blüten schon riechen bevor wir die Pflanzen überhaupt sahen. Und als wir sie dann sahen, waren wir angenehm geschockt. Sie hatten nicht ganz die Größe wie die im Westerwald. Wahrscheinlich, weil sie weniger Wasser abbekommen hatten. Dafür waren es aber Unmengen, und sie hatten einem ausgereiften Blütenstand. Um sie zu verstauen, hatten wir noch nicht einmal Säcke dabei. In einem VW-Käfer ist wirklich nicht viel Platz. So entschlossen wir uns nur die obere Hälfte der Pflanze mit den besten Blütenständen abzuschneiden. Nur so schafften wir es, alles im Rückraum des Käfers zu verstauen. Wir mussten immer wieder die Ladung nach unten zusammendrücken, um alles rein zu kriegen.

Als wir endlich fertig waren war es Abend geworden. Wir fuhren in der Dämmerung los. Das halbe Auto war eine grüne Wand. Vom Fußboden bis zur Decke, die Rückbank und die Ablage, alles war vollgestopft. Da hätte nichts mehr dazwischen gepasst. An den beiden hinteren Seitenfenstern und an dem kleinen Rückfenster klebte das harzige Zeug. Wir saßen in einer Dunstwolke von THC. Wir mussten die Fenster öffnen. Nützte aber nichts. Innerhalb von ein paar Minuten waren wir vollkommen zu gedröhnt.

Wir entschlossen uns wieder Landstraße zu fahren. Das Ganze im absoluten Kriechtempo. Wenn wir durch einen Ort kamen kurbelten wir die Fenster wieder hoch. Wir dachten wir würden sonst die ganze Ortschaft einnebeln und die Bullen bräuchten nur dem Geruch hinterher zu fahren, um uns zu schnappen. Mittlerweile war es dunkel geworden. Mona stellte fest, dass wir kaum noch Sprit hatten und steuerte den Käfer auf eine Tankstelle.

Das Leben ist unberechenbar.

Heiliger Schrecken!

Ohne jede Vorwarnung kam just in diesem Moment aus der Gegenrichtung ein Polizeiauto auf die Tankstation gefahren. Der Beamte stieg aus und bewegte sich auf uns zu.

„Oh Shit, Mona. Morgen stehen wir in der Zeitung." hörte ich mich sagen. Warum mussten wir auch an den Neckar fahren und diese Fuhre Pot holen? Als hätten wir nicht genug Vorrat an Marihuana. Warum hatten wir uns freiwillig aufs Glatteis begeben? Es gab kein Entrinnen mehr.

Mona kurbelte die Scheibe runter. Sie blieb ganz cool und lächelte.

Er stand jetzt vor dem Fenster. Wir waren in der Klemme.

Unsere Ladung würde wohl oder übel unangenehme Fragen aufkommen lassen. Wenn er sich auskannte waren wir geliefert.

„Guten Abend", sagte er. „Sie fahren ohne Licht. Ist Ihnen das noch nicht aufgefallen?"

Ach du Scheiße! Wir waren so dicht, dass wir das bis jetzt noch nicht bemerkt hatten.

„Vielen Dank Herr Wachtmeister" lächelte Mona ihn an.

„Wir sind gerade los und erst hundert Meter gefahren. Wir wollten erst mal tanken. Geht klar. Ich werde nicht vergessen, das Licht einzuschalten."

Beide schauten sich weiter an.

Auf den ersten Eindruck wirkte Mona immer so, als hätte sie überhaupt nichts mit Drogen zu tun. Sie hatte so eine gesunde Gesichtsfarbe, rote Bäckchen und leuchtende Augen. Sah im ersten Augenblick so aus, wie die Unschuld vom Lande. Wenn man ihr aber in die Augen sah, war man verloren. Sie hatte eine ganz besondere Augenfarbe. Ich weiß gar nicht mehr so genau, war das ein Grün mit ein bisschen hellblau oder war das gelb mit Ockerfarben? Raubkatzen oder manchmal auch Hauskatzen haben diese Augenfarbe und auch diesen Ausdruck. Man kam nicht von ihrem Blick los und man hatte das Gefühl, dass sie einem tief in die Seele schaute. Man vergaß einfach, was man eigentlich sagen wollte.

So erging es scheinbar auch dem Polizisten. Er stand da, schon eine ganze Weile, sagte gar nichts und grinste.

Dachte der jetzt: *Was soll man denn dazu sagen?* Oder was?

Er sah gar nicht so niederträchtig aus. Eher wie ein sympathischer Lüstling, der kein Schamgefühl kannte.

Sein Schweigen und Grienen kam mir wie eine Ewigkeit vor.

Ich bekam langsam Schweißausbrüche, aber ich halte mich besser da einfach mal raus, dachte ich. Mona macht das schon. Entweder hatte Mona ihn hypnotisiert oder der Typ hatte einfach einmal zu tief eingeatmet und war stoned von unserem Gras. Egal wie, ich halt hier die Klappe. Wenn hier niemand was redet, sag ich auch nichts. Mal sehen wer von uns das Schweigen bricht. Was hätte ich auch sagen können? Irgend so einen Blödsinn wie: „Angenehme Luft heute Abend, finden sie nicht auch, Herr Schutzmann?" Nee, besser nicht. Immer wenn man zwanghaft was sagen will, kommt da garantiert nur Stuss bei raus. Egal was ich jetzt ausspucken würde, es wäre garantiert daneben. Und der Bulle würde denken, der Typ da auf dem Beifahrersitz ist doch nicht ganz astrein. Bloß nicht unnötig die ganze Situation noch brenzlicher werden lassen. Bis jetzt war ich gar nicht aufgefallen und dabei sollte man es auch belassen. Ab jetzt würde ich besser nur noch gerade aus gucken.

Gar nicht weiter ablenken lassen.

Mona macht das bis jetzt ganz gut, fand ich.

Trotzdem, die absurde Situation war kaum noch auszuhalten.

So sieht also Paranoia aus, dachte ich.

Nee, Paranoia ist was anderes. Paranoia ist das panische Gefühl, dass etwas geschehen könnte. Das hier war eigentlich schon ein fortgeschrittenes Stadium. Hier war das Befürchtete ja schon eingetroffenen. Man wartete ja eigentlich nur noch auf das klickende Geräusch der Handschellen. Aber der Film in dem wir uns befanden schien irgendwie stehen zu bleiben. Und das schon eine ganze Weile.

Vielleicht wäre es ja eine gute Idee jetzt mal die Initiative zu ergreifen. Einfach „Auf Wiedersehen" sagen, Motor starten und wegfahren, dachte ich. Den Typ einfach da stehen lassen. Der konnte sich dann weiter seine Gedanken machen. Mir fiel dann ein, wir wollten ja eigentlich tanken. Daher käme einfach weiterfahren, ohne getankt zu haben, jetzt wohl doch nicht so gut. Und überhaupt tanken, dachte ich mir, wäre das jetzt nicht eigentlich mein

Part? Sollte ich jetzt nicht mal aussteigen und den Käfer betanken?

Aber dann würde ich da voll im Licht stehen und wäre den kritischen Blicken des Gesetzeshüters ausgesetzt. Das konnte ich jetzt gar nicht gebrauchen. Ich saß hier eigentlich ganz gut, was aber genaugenommen, je länger ich darüber nachdachte, auch sehr verdächtig war.

Das einerseits und andererseits war eine echte Zwickmühle. Aber ich hatte mir ja sowieso vorgenommen zu schweigen und gerade aus zu gucken. Und das klappte bis jetzt ja auch ganz gut. Die Handschellen hatten bis jetzt jedenfalls noch nicht geklickt. Soviel war mal sicher.

Und Mona hatte den Mann immer noch im Hypnoseblick. Wie hieß der Spruch noch mal? Reden ist Silber und Schweigen ist Gold? Genau! Und Mona ist ein echtes Goldschätzchen. Es war eigentlich ganz angenehm neben Mona hier im Käfer zu sitzen. Ganz nüchtern betrachtet. Wenn da bloß nicht die ganze Zeit dieser Mann mit der Uniform am Fenster stehen würde.

Also, immer schön aufpassen! Bloß nicht laut denken!

Endlich sagte der Mann dann doch etwas.

„War schön Sie kennengelernt zu haben. Vergessen Sie das Tanken nicht und fahren Sie bitte mit eingeschaltetem Licht. Ich wünsche Ihnen noch eine gute Weiterfahrt."

Er stieg in seinen Wagen und fuhr tatsächlich weg.

„Wow, Mona! Was war das denn? Was bin ich froh, dass Du am Steuer sitzt." Wir waren dem Zugriff gerade noch einmal entkommen. Beim Tanken merkte ich wie meine Beine zitterten. Ich bezahlte und wir schauten, dass wir da wegkamen. Diesmal mit eingeschaltetem Licht.

Es sollte nicht das einzige Mal an diesem Abend sein, dass ich froh war Mona auf dem Fahrersitz zu wissen.

Es dauerte nicht lange, da hauten mich die Dämpfe im Auto um. Ich wurde ohnmächtig. Ganz plötzlich einfach weg.

Irgendwann wurde ich noch einmal kurz wach.

Was war denn jetzt los?

Ich lag mit dem Kopf auf Monas Schoß. Mit einer Hand steuerte sie den Käfer und mit der anderen Hand graulte sie mir den Kopf und summte ein Lied dabei.

Gar nicht mal unangenehm.

„Mona. Wie kannst Du überhaupt noch Auto fahren? Hast Du alles im Griff?" murmelte ich.

„Kein Problem." meinte sie „Schlaf ruhig weiter."

Die Worte wirkten wie eine magische Zauberformel. Ich war gleich wieder weg.

Als ich das nächste Mal wieder aufwachte, wunderte ich mich noch mehr. Mona war irgendwo an der Bergstraße in die Pampa abgebogen und hatte den Wagen draußen zwischen einem Maisfeld und einem Waldrand geparkt. Sie hatte Holz gesammelt, ein Feuer angezündet und schon ein paar Maiskolben geröstet.

Die Frau war ja der Hammer! Mit der Braut konnte man auf Reisen gehen und Pferde stehlen.

Die Maiskolben taten gut.

Zum Nachtisch hatte die Superfrau sogar schon einen Joint gedreht. Sie hatte zuvor ein bisschen von dem Gras im Silberpapier der Zigarettenpackung ganz zart am Feuer getrocknet.

Wie lange musste ich eigentlich weggetreten gewesen sein, fragte ich mich. Und war das mit dem Bullen an der Tankstelle Wirklichkeit oder hatte ich das nur so geträumt? Ich musste Mona fragen, was es damit auf sich hatte.

Mona lächelte ihr sympathisches Lächeln und meinte: „Dann müssten wir beide den gleichen Traum gehabt haben, aber ich habe bis jetzt nicht geschlafen und daher kannst Du dir sicher sein. Wir waren ganz schön in der Klemme und dann ist das Wunder geschehen. Herr Wachtmeister ist friedlich weitergefahren."

Ein Zug von dem Joint langte mir. Das Zeug war höllisch gut.

Ich weiß nicht mehr was eigentlich in der restlichen Nacht noch passierte. Ist einfach ein weißer Fleck auf meiner Festplatte.

Als die Sonne aufging, hatten wir es gerade einmal bis Frankfurt geschafft. Es war Samstagmorgen und wir trafen unsere Freunde am Schaumain-Kai auf dem Flohmarkt. Den Käfer hatten wir am Straßenrand geparkt. Das Gras leuchtete durch die Scheiben und die Kiste roch nach dem Zeug, obwohl alle Fenster zu waren.

Die Jungs flippten total aus und bekamen Paranoia.

„Seid Ihr wahnsinnig, so nach Frankfurt rein zu fahren? Das sind keine Landpolizisten hier in der Stadt. Die Bullen von hier kennen sich aus mit dem Zeug. Außerdem laufen hier genug schräge Typen rum, die vielleicht sehen und riechen, was für eine Ladung wir da haben. Die knacken die Kiste, schließen sie kurz und sind weg."

O.k. Das war ein Argument.

Eigentlich wollten wir die Ladung später irgendwo draußen teilen. Mona sollte die Hälfte bekommen. Jetzt waren alle dafür, dass Mona erst einmal das ganze Gras mitnahm und möglichst schnell die Stadt verlies.

Ihre Oma lebte in einem kleinem Dorf auf dem Taunus. Sie hatte eine große Scheune. Dort wollte sie die Fuhre hinbringen und zum trocknen aufhängen. Ich blieb bei den Anderen auf dem Flohmarkt.

„Schaffst Du das alleine?" fragte ich Mona.

„Kein Problem," sagte sie lächelnd. Mona sah noch zufriedener und glücklicher aus als sonst. Und sie hatte genau den Gesichtsausdruck, den wir alle in jener Zeit zur Schau trugen.

Das Leben ist wunderbar und voller Überraschungen. Wir sind jung und wahrscheinlich unsterblich. Es kann eigentlich nicht viel schiefgehen.

Sie sah bestimmt auch deshalb so rundum zufrieden aus, weil sie an eine Riesenfuhre Gras gekommen war, mit der sie vor zwei Tagen noch nicht rechnen konnte. Mit dem Zeug konnte sie eine Menge Menschen glücklich machen. Von allen Leuten, denen wir unser super Ganja geschenkt hatten, gönnte ich es Mona am meisten. Sie hatte es sich mit ihrem

Mumm, ihrer Risikobereitschaft und ihrer Coolness redlich verdient.

Unsere gemeinsame Reise war hier zu Ende. Leider!

Die Tour war Magic. Mona war Magic.

Und ich war einfach zu überrascht um den Schritt zu machen. Den entscheidenden Schritt ihr Herz zu erobern. Wahrscheinlich war ich einfach zu stoned gewesen.

Oder einfach zu ohnmächtig.

Wir hatten zwar keinen Sex miteinander, aber unsere Tour war ein stark verbindendes Erlebnis, das sich tief in meine Seele eingegraben hat.

„Viel Glück Mona."

Sie fuhr die Ladung sauber nach Hause beziehungsweise zu ihrer Oma.

Mona hatte mir zum Abschied auch ein Geschenk gemacht. Sie hatte mir die Schlüssel ihrer Wohnung in Berlin gegeben. Dort wollte ich den Winter verbringen. Auch um der Einberufung zur Bundeswehr zu entgehen.

Ich wusste noch nicht, dass dies mein Leben entscheidend verändern sollte.

Mona und ich sahen uns leider nie wieder. Ich habe gehört, dass sie mittlerweile Enkelkinder hat. Dem Mann kann ich nur gratulieren, dem Mona ihr Herz geschenkt und geheiratet hat.

7. Doller Hecht

Berlin ist im Sommer eine schöne Stadt. Aber im Winter tut sie wirklich weh. Ich wohnte in der Einzimmerwohnung von Mona. Sie hatte hier mal zwei Jahre gelebt. Obwohl sie wieder in der Heimat war, hatte sie die Wohnung noch nicht aufgegeben. Warum auch? Der schöne hohe Raum mit großen Fenstern und einem wunderbaren Kachelofen kostete bloß achtzig Mark Monatsmiete. Ockerstraße Neukölln.

Ich wollte den Winter über einen Job finden und dann im Frühjahr wieder mit dem gesparten Geld zurück aufs Land.

Von der Wohnung zur U-Bahn musste ich jeden Tag an einer Wettstube vorbei. Draußen stand in fetten Lettern PFERDEWETTEN angeschrieben. Mich beschäftigte der Gedanke schon eine Weile: Wer weiß wie es hinter der Eingangstür in dem Laden aussieht? Irgendetwas hielt mich eine Zeitlang zurück, über die geheimnisumwitterte Türschwelle zu treten.

Es war später Nachmittag, als ich es dann doch wahr machte.

Der erste Eindruck war enttäuschend. Es war eine kleine Bretterbude. Ich hatte mir eine riesige Wetthalle vorgestellt, gefüllt mit schaurig, schrillen Typen und entfesselten Huren, die dann die Gewinner abschleppen wollten. Stattdessen saßen da nur zwei alte Rentner, die in ihre Turf-Zeitung vertieft waren.

Es gab noch nicht mal einen Monitor. Die Rennen wurden über einen Lautsprecher übertragen. Auf dem Programm standen für den heutigen Tag nur noch drei Rennen. Die letzten Rennen auf drei verschiedenen Bahnen. Ein Trabrennen und ein Galopprennen in Frankreich und einmal Galopp auf Sand in Dortmund.

Ich riskierte in jedem Rennen nur eine Mark auf Sieg. Auf die Pferdenamen mit der magischsten Ausstrahlung.

Ich hatte alle drei Sieger und mit drei Mark Einsatz vierzig Mark gewonnen. Allem Anschein nach brachte ich Talent für dieses Metier mit.

„Warum hast Du nicht mehr Knete gesetzt, wenn Du so drei krumme Außenseiter weißt?" fragte mich einer der Rentner.

Da war was dran. Hätte ich in jedem Rennen einen Zehner gewagt, wäre mein Gewinn jetzt vierhundert Mark.

„Gibst denn keine Pferderennbahn in Berlin?" war meine Frage.

„Na klar. Trabrennen in olle Mariendorf. Jeden Mittwoch und Sonntag."

Am nächsten Sonntag war ich in Mariendorf und ab diesem Zeitpunkt konnte mich keiner davon abhalten einen einzigen Renntag den Winter über zu verpassen.

Damals war noch mächtig was los auf der Rennbahn. Alle Tribünen, auch die alten historischen Gebäude waren trotz Winter noch voll besetzt. Die seltsamste Ansammlung von Originalen beiderlei

Geschlechts war hier anzutreffen. Die quirlige Stimmung und der Nervenkitzel vor jedem Rennen. Das war der Kick, der mir gefehlt hatte.

Die Bahn selber war eine Top-Piste. Ein Oval mit leichten Steilkurven.

Die ganze Atmosphäre, die Pferde und auch ihre Driver hatten es mir angetan. Ich habe viele Rennen gesehen und mir das Ganze genau angeschaut. Es ist eine Kunst die Traber auf Geschwindigkeit und im Trab über den Kurs zu bringen. Welche Taktik wählt der Fahrer und welche Taktik wird während dem Rennen von den Gegnern durchkreuzt und muss dann wieder verworfen werden. Entscheidungen müssen im Bruchteil einer Sekunde getroffen werden. In den Bögen zu weit außen zu gehen kostet das Pferd mehr Kraft. Jede Spur weiter draußen sind pro Bogen zusätzlich zwanzig Meter.

An der Innenkante fest zu kleben hat zwar den Vorteil sich im Windschatten mitziehen zu lassen und Kraft zu sparen, aber den Nachteil nicht agieren zu können und verändernd auf das Renngeschehen einzuwirken. Außerdem muss man dann noch eine Lücke finden, um auf der Zielgeraden noch mitzumischen. Vorne an der Innenkante als Pilot zu gehen ist der kürzeste Weg. Dazu braucht man ein Pferd das gut eintreten kann, gleich vom Start weg losknattert oder einen Kandidaten, der unterwegs das Tempo erhöhen kann und von außen angreift und den Piloten ablöst. Beide Aktionen kosten erst mal Körner, die auf der Zielgeraden fehlen könnten. Und alle immer im Windschatten und in deinem Nacken. Vor allen Dingen sollte man als Führender vorne wissen, welche Kilometerzeit man gerade fährt. Liegt man vorne weil man hinter einen Steher sitzt und die Anderen durch ein hohes Tempo zermürben will oder will man die Gegner durch ein Schlafwagentempo einschläfern, um dann auf der Zielgeraden seinen Speed auszufahren.

Auf jeden Fall ist das Ganze etwas für absolute Gentlemen Driver.

Disziplin und Fairness sind angesagt. Man kann in keine Lücke rein oder raus fahren, die keine ist oder nicht groß genug ist für Pferd und Wagen. Die Beine der Traber sollten nicht von einem Gegner wegrasiert werden. Und die Räder der Sulkys sollten nicht ineinander geraten. Ein Rad hebt das andere in die Luft und man sitzt in so einer federleichten Kiste auf einem echten Schleudersitz. Beim Galopprennen ist das was Anderes. Da kann man den Gegner schon mal anrempeln um durch eine Lücke zu kommen. Beim Trabrennen sollte die Lücke, die sich bietet wirklich eine Lücke sein.

Und je mehr Gäule in einem Rennen teilnehmen desto interessanter ist das Ganze.

Der Gedanke reifte in mir, Trabrennfahrer zu werden. Ich wollte nicht nur zuschauender Zocker sein, sondern selbst in so einem Sulky sitzen.

Eineinhalb Jahre später war ich dann so weit. Nachdem ich ein weiteres Jahr im Westerwald auf unserer Landidylle zugebracht hatte, sprach ich beim damaligen besten Trainer in Mariendorf vor, um als Lehrling bei ihm anzufangen. Überraschenderweise sagte er mir zu. Er könne ab 1. September einen neuen Lehrling gebrauchen.

Wir hatten das Jahr 1977. Ich war einundzwanzig Jahre alt und träumte von einer Karriere als Rennfahrer.

Das Lehrlingsgehalt auf der Trabrennbahn war gar nicht mal so schlecht für damalige Zeiten Ende der siebziger Jahre. Man bekam zweihundertfünfzig Mark in der Woche im ersten Jahr und dreihundert Mark im zweiten Jahr.

Es gab immer nur Wochenlohn. Freitagmittags. Sehr vernünftig. Mit einem Monatslohn wäre keiner über die Runden gekommen.

An jedem Sonntag Nachmittag und an jedem Mittwochabend war Renntag. Und wenn man sein Gehalt nicht schon am Freitagabend beim Kartenspielen verzockt hatte, war die Kohle spätestens am Sonntag nach zwölf Rennen weg. Es sei denn man hatte Glück oder wusste etwas. Aber etwas zu wissen oder einen sicheren Tipp zu bekommen, hieß noch lange nicht, dass die Wette schon eingefahren war. Rösser sind nun mal Lebewesen. Und Lebewesen sind launig. Besonders beim Trabrennen ist das Geld schnell weg, wenn der Gaul springt bzw. galoppiert. Bei einer heftigen, längeren Galoppade mit Raumgewinn oder bei wiederholtem, kurzem Rumpler kommt die Disqualifikation. Die sicheren Tipps, mit denen man sein Gehalt aufbessern wollte, rissen manchmal ganz schöne Löcher in die Kasse.

Wie gesagt, der Wochenlohn war nicht schlecht, aber wir mussten dafür auch richtig ranklotzen. Im

Winter von sechs Uhr, im Sommer von fünf Uhr morgens bis mittags ungefähr vierzehn Uhr. Feierabend war, wenn alles Zaumzeug und Pferdegeschirr blitzsauber an seinem Platz hing, die Stallgasse gekehrt, die Wagen und Sulkys gewaschen und in den Stall geschoben waren. Bei gutem Wetter ging das flott, aber bei Regen bzw. Schlammpiste war das Ganze eine schöne Sauerei. Wagen, Geschirr und Zaumzeug mussten vom Schlamm befreit werden und das Lederzeug dann eingefettet werden. Feierabend war dann eine Stunde später. Erst recht spät wurde es, wenn noch irgendwelche Pferde zum Arzt oder Schmied mussten. Einmal die Woche hatte man abends noch Futterdienst.

Und dann waren ja noch die Renntage. Sonntags ab vierzehn Uhr - zwölf Rennen. Mittwochabends ab achtzehn Uhr - zehn Rennen.

Hart war der Mittwoch. Normaler Arbeitstag bis vierzehn Uhr und dann abends Rennen von achtzehn Uhr bis dreiundzwanzig Uhr. Hatte man einen Starter im ersten Rennen hieß das, Aufwärmen des Pferdes um siebzehn Uhr, was bedeutete, noch eine halbe Stunde vorher antanzen um den Gaul zu präparieren. Hatte man einen Starter im letzten Rennen ging es fast bis um vierundzwanzig Uhr. Das nassgeschwitzte Rennpferd musste abgewaschen und dann trocken geführt werden. Dann bekam der Renner noch einen warmen Mash als Mahlzeit zubereitet.

Jedes Pferd wurde zweimal in der Woche schnell gefahren bzw. im Renntempo trainiert. An der Stalltafel standen die Namen der Pferde senkrecht und die Wochentage waagerecht angeschrieben. Der Trainer schrieb Montagmorgens das Programm der ganzen Woche für jedes einzelne Pferd an die Tafel. Ein „S" bedeutete „SCHNELL". Das hieß, der Gaul musste zu einer vom Trainer vorgegebenen Uhrzeit bereitstehen. In kompletten Rennklamotten, mit dem passenden Zaumzeug, vorgesehenem Gebiss, eventuellen Beingamaschen oder Bandagen und angespannt im Rennwagen. Check und Leinenlänge mussten stimmen. Sollte ein Hufeisen locker sein, musste man es selber festnageln. Es gab vier Abteilungen mit eigenen Teams in vier verschiedenen Stalleinfahrten. Der Trainer sprang von einem Wagen runter und war schon auf einem anderen, um mit der Stoppuhr in der Hand den nächsten Kandidat zu testen. Da jedes Pferd aber eine Stunde vorher von uns aufgewärmt werden musste, bedeutete dies, jeden Gaul zweimal an- und ausspannen. Der Trainer erwartete, dass alles klappte, schnell und zuverlässig.

Im Stall ging es zu wie beim Formel „1"-Rennen am Boxenstopp.

Hektik ohne Ende.

Wie am Fließband. Alle unter Strom und volle Pulle Leistung.

Der ganze Wahnsinn war nur auszuhalten, weil man die Hoffnung hatte ab und zu ein Rennen fahren zu können. Es ist ein unglaubliches Gefühl hinter einem Pferdearsch im Sulky zu sitzen und dann ans Startauto ranzufahren. Trab ist ein Zwei-Takt. Die Pferde setzen jeweils zwei Füße gleichzeitig diagonal auf den Boden. Das Geräusch des Hufschlags steigert sich in der Startphase, bis die Pferde auf Renngeschwindigkeit sind, immer schneller und lauter, bis es sich anhört wie ein Maschinengewehr-Geknatter. Und links und rechts von dir knattern die Gegner los. Auf dieses Gefühl waren wir alle geil.

Für die Lehrlinge war es Pflicht bis zur Berufs-fahrerprüfung mindestens zehn Rennen gefahren zu haben. Aber welcher Pferdebesitzer will schon sein gutes, wertvolles Pferd mit einem Lehrling ins Rennen schicken. Da will Jeder den Trainer am Start haben. Wir bekamen nur die Luschen und Kröten gönnerhaft von den Besitzern zur Verfügung gestellt. Hoffnungslose Fälle, mit denen man gleich vom Start weg hinten lag und den Dreck von den anderen ins Gesicht bekam.

Eines Tages machte Axel Stöhner, ein Besitzer, dem mehrere Rennpferde gehörten, uns, das heißt mir und einem weiteren Lehrling namens Kulle, einen Vorschlag.

Wir würden von ihm ein Pferd aus seinem Kontingent geschenkt bekommen, wenn wir es schaffen würden, dass sein Pferd „Smithkowski" einmal ein Rennen gewinnen würde.

Wir wollten wissen um welches Pferd es sich handelte, das er uns angedacht hätte. Zur Auswahl standen die zwei größten Krücken aus Stöhners Rennstall. Einer schlechter als der Andere.

Der Fall lag klar auf der Hand. Stöhner wollte uns zu Höchstleistungen im Falle „Smithkowski" anstacheln und gleichzeitig einen seiner Schindmähren entsorgen, die ihm kein Mensch auf der Welt mehr abgekauft hätte.

Wir dachten kurz darüber nach und willigten dann ein, in der Hoffnung abwechselnd wenigstens einmal einen eigenen Starter fahren zu können.

Erst musste aber einmal das Wunder geschehen, dass „Smithkowski" als Erster über die Ziellinie ging.

„Smithkowski" war klein wie ein Pony und meist übel gelaunt. Und seine Laune wurde noch schlechter als wir ihn jeden Morgen als Ersten anspannten, im schweren Fohlenwagen, wo wir zu zweit drin saßen. Einer als Fahrer und der Andere mit einem Beipferd an der Leine. Alles nur im langsamen Trab. Alle zwanzig Minuten wechselten wir das Handpferd. Bei diesen Pferden ging es nur darum, dass sie einmal am Tag ein wenig Bewegung hatten. Bei „Smithkowski" ging es um die Kondition. Der Zwerg hatte mit dem schweren Wagen und zwei Personen ganz schön zu ziehen. Er sah sechs verschiedene Handpferde, das heißt er war zwei Stunden draußen. Wenn wir ihn ausspannten war er dermaßen sauer über die langen Arbeitszeiten, dass er nach uns trat und biss.

Der Trainer fuhr ihn, wie alle anderen Pferde, zweimal die Woche schnell und war irgendwann der Meinung, dass der Bock startreif wäre.

Er wusste von der Vereinbarung mit Axel Stöhner und uns und so suchte er eine Rennausschreibung aus, die zu „Smithkowski" passte. Kein Autostart, sondern ein Bänderstart, wie es in Frankreich üblich ist. Eine lange Strecke über dreitausend Meter, in

vier Bändern gestartet. Jedes Band mit fünfundzwanzig Meter Zulage. Die Asse starteten ganz hinten, also mit fünfundsiebzig Meter Zulage, davor
die nächst tiefere Klasse mit fünfzig Meter Zulage,
dann fünfundzwanzig Meter Zulage und vorne gingen die Pferde mit der niedrigsten Gewinnsumme
vom Band.

„Smithkowski" startete aus der ersten Reihe bzw.
Band. Mit ihm noch drei weitere Kandidaten. Insgesamt waren fünfzehn Pferde am Start.

Wir hatten nur wenig Vertrauen in „Smithkowskis"
Rennleidenschaft und setzten daher nur sympathie-
halber ein wenig Geld auf ihn.

Während bei Autostarts die Pferde beim Start schon
auf vollem Tempo sind, werden Bänderstarts praktisch aus dem Stand gestartet. Kleinere Pferde haben
den Vorteil, dass sie wegen ihrer kürzeren Übersetzung schneller auf Hochtouren sind als großge-
wachsene Tiere. Und „Smithkowski" war besonders
klein. Er knatterte direkt voll los. Als alle Anderen
auf Betriebstemperaturen waren, hatte er schon einen Vorsprung von hundert Metern auf die Pferde
aus dem ersten Band, das heißt auf die Cracks mit
den hohen Gewinnsummen einen Vorsprung von
hundertfünfundsiebzig Metern.

Jetzt hieß es das Tempo für seine Verhältnisse möglichst hoch zu halten. Der Trainer ließ ihn knattern.
Und dann musste „Smithkowski" die lange Strecke
auch konditionell durchstehen. Für die Kondition
hatten Kulle und ich gesorgt. Als es auf die Zielgerade ging machten sich die Asse daran ihn zu fressen, aber „Smithi" rettete sich ins Ziel.

Hätten wir mal mehr Geld auf ihn gesetzt. Die hohe Quote brachte jedem von uns einen Gewinn in der Höhe unseres Monatsgehaltes.

Und außerdem bekamen wir vom Besitzer, wie versprochen, ein Rennpferd geschenkt. Wir hatten die Auswahl zwischen zwei Pflaumen, einer siebenjährigen Stute namens „Magarete" und einem sechsjährigen Wallach namens „Doller Hecht". Vom Können her, war bei ihnen kein Unterschied auszumachen. Beide waren Prachtexemplare, die in der unteren Krückenklasse zu Hause sind. Dennoch klarer Fall für wen wir uns entschieden – für den Gaul mit dem besseren Namen, für „Dollen Hecht". Kulle gefiel an seinem Namen das „Dolle" und mir natürlich der „Hecht".

Kulle Schlenz, ein echtes Berliner Original, war dann auch der Meinung:

„Det kommt richtig jut, wenn da im Rennprogramm drinsteht: „Doller Hecht" – Besitzer: Hecht&Schlenz – Fahrer: Alfons Hecht , wa? Hecht plus Hecht plus Hecht, det kommt doch bei jedem Pipel jut an.

Echt mal Hecht, wa?"

„Doller Hecht" war ein Riesenkamel. Sah gut aus, aber hatte überhaupt kein Interesse am Rennsport. Zweijährig war er ein hoffnungsvolles Talent gewesen und hatte auch ein paar Rennen gewonnen. Aber seitdem hatte er den Ehrgeiz vermissen lassen. Er hielt einfach beim Rennen den Arsch hin, als wollte er sagen:

„Du kannst mir ruhig noch einen Hieb verpassen, ich lauf hier keinen Meter schneller."

Außerdem hatte er Hufprobleme, immer wieder Hornspalten. Wir dachten, die Sache mit den Hufen werden wir schon in den Griff kriegen, mit extra besonderer Hufpflege, anderem Beschlag und mit veränderter Fütterung. Und mit unserem Konditionstraining, und vor allem mit der Zuneigung und Liebe zu dem Tier würde der Bock schon wieder Spaß am Wettkampf haben. Die Zuneigung nahm „Doller Hecht" auch dankbar an. Er freute sich über die Äpfelchen, Möhren und sonstigen Leckerlies und hatte mittlerweile ein breites Grinsen im Gesicht. Endlich schienen die Jahre des trüben Fließbanddaseins vorüber. Aber ein Rennpferd aus ihm zu machen schafften wir nicht mehr. Egal wer ihn fuhr, seine Leistungen waren meist unterirdisch. Ein paarmal war er dann doch tatsächlich in der Platzierung und brachte ein bisschen Geld für seine Unterhaltskosten herein und einmal hätte er sogar fast gewonnen. Alle vier Favoriten in dem Rennen waren gesprungen und disqualifiziert, aber auf der Ziellinie kackte „Doller Hecht" ab und wurde von einer noch größeren Kröte geschlagen. Unser Renner war eine echte Enttäuschung.

Und das blieb er auch.

Eines Tages dann, an einem Mittwochabend, war „Doller Hecht" für ein Rennen gemeldet, dieses Mal mit Kulle als Fahrer.

Kulle hatte eine waghalsige Idee.

„Weeßte wat, Hecht? Ik hab´s. Der Trainer is nüch da und fährt im Westen Rennen, wa? Mir ham kom een Starter in alle vier Ställe, wa? In unsere Abteilung nur ike mit olle „Dolle Hecht". Unser Bock is een Brauner ohne irjentwelche Abzeichen, wa? Mir tauschen den eenfach jejen nen andren braunen Bomber aus ner höheren Klasse um. Det Beste is, mir holen olle „Torpedo" ausem Stall bei „Bläser-Inge". Die alte Sau is sowieso mim Trainer inen Westen jefahren, wa?"

„Bläser-Inge" hatte einen eigenen Stall mit nur sechs guten Pferden, die sie alleine für den Trainer betreute. Sie verstand etwas von Pferden.

Außerdem hatte sie noch eine andere Gabe. Inge verdiente sich ein bisschen dazu, indem sie nach Feierabend den Service anbot, dass man sich bei ihr einen blasen lassen konnte.

Daher der Name „Bläser-Inge".

Es gab noch eine Konkurrentin aus einem anderen Stall. Die Schnalle war auch nach einem Bläser benannt, „Irene Armstrong". Irene war die Jüngere und die Hübschere. Aber die meisten Stallburschen aus den vielen Rennställen und verschiedenen Trainingsanstalten schworen auf „Bläser-Inge". Sie hatte das größere Talent. Während bei Irene das Blasen mehr ein Orgeln war, war „Bläser-Inge" vielseitiger. Sie hatte einfach das bessere Fingerspitzengefühl und die größere Zungenfertigkeit. Außerdem, Inges Spezialität war es, dass sie ihr Gebiss herausnahm, was dann den Jungs ein besonderes Vergnügen bereitete.

Sie schluckte den Samen immer, weil sie meinte es würde ihrem Aussehen förderlich sein und sie würde einen jugendlicheren Teint davon bekommen.

Samen bekam sie auch genug. Aber ich kenne niemanden, der behaupten würde, dass Inge mittlerweile eine Schönheit wäre.

Ich weiß nicht woran es lag. Alle, die auf der Rennbahn arbeiteten, ob Weibchen oder Männchen, waren andauernd geil. Wahrscheinlich war es zum einen der Umgang mit den Tieren. Dieser Geruch und die animalische Ausstrahlung der Rösser. Und zum anderen, wir waren alle Kutscher und wurden daher andauernd durchgejuckelt. So wie man früher auf den Bahnreisen in den alten Zügen durch die Juckelei auch immer nur an Sex gedacht hat. Es lag jedenfalls im Stall und auf der Rennbahn eine prickelnde Atmosphäre und knisternde Spannung in der Luft. Ein kesser Spruch, ein Glitzern in den Augen, ein kleiner Funke oder nur ein Schnalzer genügte um nach Feierabend nachmittags mit einer Kollegin auf dem Heuboden oder in einer leeren Pferdeboxe zu landen. Hier ging es nicht um Liebe sondern um elementaren Sex in Reinkultur. Man war letztendlich nur dankbar sich gegenseitig Abhilfe verschafft zu haben und Eifersucht war ein Fremdwort. Es war eine herrliche sorgenfreie Epoche vor dem Zeitalter, als die Menschen sich dann durch das Schreckgespenst Aids verunsichern ließen.

Außerdem hatten wir Respekt vor unseren Kolleginnen. Wir wussten, was sie arbeitsmäßig leisten mussten. Sie hatten den gleichen harten Job wie wir Jungs. Und ich behaupte, Sex war neben der Hoffnung Trabrennen fahren zu können, die zweite Säule, die unsere Arbeitsmoral aufrecht erhielt.

„O.k. Kulle. Du meinst also, wir holen „Torpedo" aus seiner Boxe, stellen „Dollen Hecht" in die Boxe von „Torpedo" und spannen dann „Torpedo" anstelle von „Dollen Hecht" an?"

„Jenau, Mann!"

„Mann Kulle! Du willst allen Ernstes dem Rennverein und der Rennleitung ihren Humor auf die Probe stellen. Wenn das rauskommt, fliegen wir hier raus, kriegen auf keiner Rennbahn mehr einen Job und können nie mehr ein Rennen fahren. Wir bringen die ganze Rennbahn in Verruf. Unsere Namen stehen in der Bild-Zeitung. Und die, das ist eine unbestreitbare Tatsache, wird in ganz Deutschland gelesen. Und wenn es ganz schlimm kommt, lassen die Rennbahnbosse uns einschläfern und entsorgen uns heimlich, damit so ne Story nicht an die Öffentlichkeit kommt."

Kulle wischte meine Bedenken weg:

„Det merkt Keener.

Echt mal Hecht, det is heute unsere Chance mal een Rennen zu jewinnen, Mann.

Außerdem kratzen wir allet Jeld zusammen und holen über de Wetten mächtig ab. Auf olle „Dolle Hecht" wettet doch keen Mensch, der hat ne richtig hohe Quote.

Verstehst De mir? Wer nüch wagt, jewinnt och nüch, wa?"

Ich war fast überredet.

„Na gut, Kulle. Du bist aber den „Torpedo" noch nie gefahren. Den musst Du erst mal sicher ins Ziel bringen."

„Det is ja keen Problem. Det is een Vollbomber.
Da jewinn ich im Kacken, Mann."
„Was ist mit dem Zaumzeug und was kriegt der für
ein Gebiss? Wie lang muss der Check sein? Und was
für Klamotten kriegt er an die Beine?"
„Mann Hecht, det is een Naturtraber. Der braucht
überhaupt nix an de Beene. Und de Checklänge is
jenau wie bei uns im Stall ooch, bei Inge an de Tafel
für alle Jäule injezeichnet. Seh ik keen Problem,
wa?"
„Alles klar, Kulle. Aber wie willst Du so eine Voll-
granate, einen derartigen Seriensieger im Feld von
so einer Hühnerklasse verstecken? Der guckt doch
raus. Echt mal! Das fällt jedem auf, dass das nicht
„Doller Hecht" ist."
„Mach Dir ma keene Sorjen. Ik bin Kulle, wa?
Janz cool. Ik bin doch keene Flitzpiepe, wa?
Vom Start weg leg ik mir direkt vorne hin. Und
dann fahr ik det Ding mit anjezochener Handbrem-
se nach Hause, schön im Zeitlimit der Hühnerklasse.
Fällt überhaupt nüch uff.
Mach dir um mir keenen Kopp. Du musst sehen, det
Du die Wettscheine rechtzeitig abjibst. Erst im letz-
ten Moment vorm Start, det keener wat merkt,
wenn mir am Totalisator die Quote senken.
Wie viel Knete kriegst De bis heute Abend zesam-
men? Wir brauchen zusammen Fünfhundert Mark.
Det is ja det Mindeste, wat mir anlejen tun müssen,
wa? Die verteilen wir dann schön uff Sieg, Zweier-
und Dreierwette. Verstehst de mir?"
„Geht klar, Du Wahnsinniger. Hoffentlich ist der
Laden heute Abend gut voll. Und hoffentlich er-

kennt keiner den „Torpedo". Lass uns zwei Stunden vorm ersten Rennen die beiden Böcke austauschen. Jedenfalls früh genug, damit keiner was mitkriegt. Also dann, bis nachher!"

Der Wechsel ging dann reibungslos von statten.
„Doller Hecht" bekam sein abendliches Futter in einer für ihn fremden Boxe und „Torpedo" wurde von uns zum Aufwärmen angespannt.
Als Kulle dann von dem Heat zurück kam, war er voll begeistert.
„Mann is det ne Rennmaschine. Hinter so 'nem Pferd hab ik noch nie jesessen. Mit dem kann jeder jewinnen."
Ich ging dann Wettscheine besorgen. Als ich zurück in den Stall kam, war Kulle mit einem Mädel am knutschen. Es war die neue Lehrlingsmietze vom Rennstall nebenan. Als sie mich sah, verabschiedete sie sich und meinte zu Kulle: „Ik seh Dir später!"
Kulle strahlte: „Wa Hecht! Is det ne scharfe Braut.
Bei der wird ik heute Abend noch off Stich kommen.
Die hat mir direkt ohne Vorwarnung mit ihre Hand ans Jemächte jepackt.
Ik hab jetzt noch en Ständer zu stehen.
Wat en Knaller! Wa Hecht?"
„Jo, Kulle! Komm mal wieder runter!
Mit nem Steifen kannst Du kein Rennen gewinnen.
Lass uns jetzt die Wettscheine ausfüllen!"
„Ike un mit ner Latte keen Rennen fahren. Da kennst mir aber schlecht."

Wir tüftelten dann die Zweier- und Dreierwetten aus.

Acht Minuten vorm Start fuhr Kulle mit „Torpedo" raus auf die Bahn. Ich wünschte ihm viel Glück.

„Det is doch en Brüller wat mir hier machen, wa Hecht?" war dann Kulles finaler Spruch. Solche Sprüche hörte ich eigentlich immer gern. Aber ich musste mich jetzt beeilen um zu den Tribünen zu kommen und in den Hallen an den Wettschaltern unsere Wetten zu platzieren.

Ganz schön aufregende Sache. Mein Herz schlug mir bis zum Hals.

Na, hoffentlich ist Kulle nicht genauso aufgeregt wie ich. Ein Pferd merkt so was. Die Viecher sind sensibel. Die Nervosität überträgt sich von der Hand über die Leine zum Pferdegebiss. Wird schon gut gehen, und wenn keiner was merkt ist das eine verdammt geile Kiste, die wir hier durchziehen.

Es war ganz schön viel Betrieb für einen Mittwochabend.

Irgendwie musste man es mir angesehen haben, dass ich auf dem Weg war, eine Wette zu platzieren. Einer von den auf der ganzen Rennbahn bekannten Zockern quatschte mich an. Einer von den ausgekochten Profizockern, die jeden Tag schon frühmorgens auf der Bahn das Training beobachteten. Eine aalglatte Figur. Die Sorte hatte mir jetzt noch gerade gefehlt. Es kam die routinemäßige Frage, die einem Mann gestellt wird, der in einem Rennstall arbeitet. Er wollte wissen ob ich was weiß und ob ich einen Tipp für ihn hätte. Ich verneinte und sagte ihm, ich wolle nur den Start von unserem Gaul

„To--Too-Toller Hecht" von der Tribüne aus beobachten. Fast wäre mir gerade der „Torpedo" rausgerutscht. Meine Antwort aber, schien ihm plausibel genug für meine nervöse Ausstrahlung und so war ich ihn los.

Als er außer Sichtweite war gab ich erst mal die Wettscheine für die Zweier- und Dreierwetten ab. Diese Quoten wurden am Monitor und auf der großen Anzeigetafel nicht gezeigt, so wie bei den Siegquoten. Die Siegquoten verändern sich alle zwanzig Sekunden, je nachdem wie die Wetteinsätze getätigt werden. Weil alle den Totalisator im Auge haben, musste ich die Siegwette erst kurz vorm Start tätigen, sonst würden einige Trittbrettfahrer noch mit aufspringen, was unseren Gewinn dann geschmälert hätte.

Ich musste mir eine Kasse aussuchen wo nicht soviel Betrieb war. Ist gar nicht so einfach so eine Wette genau zu timen. Wenn der Start erfolgt ist, schrillt die Glocke und nichts geht mehr.

Jetzt sah ich den Zocker wieder. Ich hatte das Gefühl, der Kerl beobachtet mich. Ich musste mich absetzen. Daher wechselte ich das Stockwerk.

Hier war mächtig was los. Viel zu lange Warteschlangen.

Ich suchte mir die kürzeste Schlange aus.

Aber in der kürzesten kann es manchmal am längsten dauern. Besonders wenn es eine Ansammlung von alten Knackern ist, denen auf einmal noch was einfällt und die ihre plötzlichen Eingebungen dann durch die Glasscheibe des Wettschalters dem Kassierer versuchen verständlich zu machen. Und wenn dann der Kassierer noch mal nachfragt, schreit so ein alter schwerhöriger Typ zurück:

„Was ham´se gesagt?"

Die beiden wurmstichigen harmlosen Mitmenschen, die jetzt an der Reihe wären, haben davon noch gar nichts mitbekommen. Statt ihren Wettzettel endlich abzugeben, sind die beiden Knilche immer noch am daher schwatzen und halten mit dem Gelaber ihre Gerüchteküche am Laufen. Sie schienen überhaupt nicht von dem unbedingten Willen getrieben zu sein eine Wette abzugeben. Ich war kurz davor schroff zu werden und ein paar Kraftausdrücke zu benutzen, wollte aber hier kein Aufsehen erregen und außerdem noch mehr Zeit vergeuden.

Das nächste Prachtexemplar eines senilen Traberfans verbreitete nicht gerade den Eindruck professioneller zu sein. Er hatte keinen ausgefüllten Wettschein. Will seine Wettwünsche ansagen. Sein Problem aber ist, dass er stottert und sich andauernd verheddert. Sein Stammeln wird nur ab und zu durch einen Hustenanfall unterbrochen. Nach jedem Hüsteln versucht er dann von neuem röchelnd seine Wünsche verständlich zu machen.

Ich dachte schlimmer kann es ja gar nicht mehr kommen.

Aber vor mir steht noch eine sehr betagte Rentnerin. Statt ihr Geld bereit zu halten, schickte sie sich erst mal an, ihre Geldbörse umständlich aus ihrer hässlichen altmodischen Handtasche zu kramen. Das Kleingeld zählte sie dem Kassierer dann einzeln vor, jede Münze vorher begutachtend. Grauenhaft!

Ich bekam fast Zustände. *Mensch kauf Dir ne neue Brille, Du Schnepfe!*

Scheinbar war ich heute der Einzige in der Schlange, der die Absicht hatte, einen wichtigen Einsatz zu tätigen.

Ich hatte den Monitor im Auge. Die Startphase hatte begonnen. Man konnte sehen, wie sich das Startauto langsam in Bewegung setzte. Die Pferde begannen sich hinter den Flügeln des Wagens einzureihen.

Ich schaffte es noch auf den letzten Drücker die Wette genau im richtigen Moment zu platzieren, kurz vorm Start.

Die Glocke schrillte.

Den Start konnte ich nur am Monitor miterleben.

Alle Pferde kamen gut hinter dem Startwagen weg.

Nur ein Gaul machte einen Fehler. „Doller Hecht" bzw. „Torpedo" mit Kulle als Driver.

Na was ne Scheiße! Mensch Kulle, Du Großmaul! Du Vollpfosten! Von wegen, jedes Kind kann den fahren und Naturtraber, der kennt keinen Fehler usw.

Erst regt man sich über die ganzen Schnecken in der Warteschlange auf und jetzt hätte man noch einen mehr von der Sorte gebraucht. Dann Hätten wir das meiste Geld von der Siegwette nicht in den Wind geschossen.

Ich wollte die Wettscheine schon wegschmeißen, aber ich musste Kulle ja die Arschkarten zeigen, die unsere Verluste bezeugten.

Ich war mir sicher, sie hätten uns disqualifiziert und all unsere Kohle sei den Bach runtergegangen. Aber an der Anzeigetafel war nichts zu sehen. Die Rennleitung schien ihn weiterlaufen zu lassen.

Ich musste raus an die frische Luft, auch um das Rennen Life mitzuerleben.

Kulle hatte durch den Fehler fünfundzwanzig Meter zum Feld verloren, aber wir waren noch dabei. Als es an den Tribünen vorbei ging hatte er wieder Anschluss gefunden. Unsere Taktik mit dem unauffälligen Rennen war jetzt über den Haufen geworfen. Wenn wir noch gewinnen wollten, musste „Torpedo" jetzt noch zeigen, was er drauf hatte.

Vor allen Dingen keinen Fehler mehr machen.

Kulle wartete lange. Er kam als Letzter auf die Zielgerade und nahm „Torpedo" ganz nach außen.

Und „Torpedo" ließ „Dollen Hecht" sensationell gut aussehen. Er flog mit einer bei ihm nie gesehenen Leichtigkeit an den Gegnern vorbei die Zielgerade hinunter.

„Doller Hecht" passierte als souveräner Sieger die Ziellinie.

„Jipp! Gestochen! Drin das Ding!"

Ich war der Einzige, der jubelte.

Alle Anderen zerknüllten Ihre Wett-Tickets und warfen sie weg.

Links und rechts hörte ich die Zocker schnattern und schimpfen:

„Habt ihr ollen „Dollen Hecht" gesehen? Der war doch garantiert gedopt." Und tatsächlich hieß es kurz darauf:

„Der Sieger bitte zur Dopingprobe!"

Da hatten wir jedoch nichts zu befürchten.

Unsere Wettgewinne mit den drei verschiedenen Wettarten holte ich sicherheitshalber an drei verschiedenen Kassen ab. Ich wollte nicht auffallen und keinen Anlass für einen Verdacht aufkommen lassen.

Jeder von uns beiden hatte über siebentausend Mark gewonnen.

Außerdem gab es als Siegprämie für „Dollen Hecht" noch mal zweitausend Mark. Für damalige Zeiten und für unser Alter war das eine saubere Summe. Damit konnte man auf die Kacke hauen.

Nach dem Renntag kurz nach Mitternacht tauschten „Doller Hecht" und „Torpedo" wieder die Boxen.

Das war ein guter Tag.

Am nächsten Tag war der ehemalige Besitzer Axel Stöhner der Meinung, dass er „Dollen Hecht" noch nie in einer so guten Form gesehen hätte. Und er habe vielleicht doch einen Fehler gemacht, das Pferd an uns abgegeben zu haben.

Beim nächsten Start hatte „Doller Hecht" beim Wettpublikum viel mehr Fans und die Quote am Totalisator war deutlich niedriger als sonst.

„Doller Hecht" zeigte jedoch niemals mehr die an diesem Abend gezeigte Leistung. Kulle und ich hatten auch niemals mehr die Gelegenheit und den Mut die ganze Show noch einmal zu wiederholen. Zwei Jahre später war so ein Clou sowieso nicht mehr möglich, weil ab diesem Zeitpunkt alle Rennpferde schon als Fohlen einen Computerchip am Hals unter die Haut eingesetzt bekamen und dadurch jederzeit verifizierbar sind.

8. Zahltag

Wie schon erwähnt, Freitagmittag war Zahltag.
Und genau für diesen Tag hatte ich mir etwas Besonderes einfallen lassen.
Ich veranstaltete meinen eigenen Renntag.
Jeden Freitagabend baute ich meine selbstgebastelte Rennbahn auf.
Zwei Holzplatten aneinander geschoben auf vier Holzböcken. Auf den Platten hatte ich eine Rennstrecke mit Hindernissen entworfen und aufgemalt. Mit echten Hindernissen, Hecken, Holzbalken und Wassergraben. Sah super aus. Am Start waren dreiundvierzig Pferde, alle von mir selber angemalt. Es gab Braune, Füchse, Schimmel und Rappen. Alle waren mit Nummern versehen und jeder Jockey hatte seinen eigenen farbigen Dress. Die Pferde wurden der Reihe nach mit drei Würfeln fortbewegt. Bei Pasch durfte man nochmal würfeln. Wer in ein Hindernis tappte schied aus. In der ersten Kurve durften die Pferde nur mit zwei Würfeln und auf der Zielgeraden nur mit einem Würfel weiterbewegt werden. Man musste also möglichst noch mit drei Würfeln weit in die Zielgerade hineinkommen. So hatte jeder die Chance, auch wenn er während dem Rennen hinten lag, mit einem guten Wurf in die Zielgerade noch um den Sieg mitzumischen, wenn es nur noch mit einem Würfel zur Sache ging. Gewonnen hatte derjenige, der sein Pferd, nachdem

alle Nummern durchgewürfelt waren, am weitesten über die Ziellinie gebracht hatte.

Als Veranstalter hatte ich drei Pferde umsonst am Start. Für vierzig Pferde wurde von den Mitspielern pro Pferd der gleiche Einsatz gebracht.

Wenn wir nur zehn Spieler waren, bekam jeder vier Pferde a zehn Mark, womit vierhundert Mark in den Pott kamen. Waren wir zwanzig Spieler, bekam jeder nur zwei Pferde und die Jungs waren bereit zwanzig oder Fünfundzwanzig Mark pro Pferd anzulegen, was achthundert bzw. tausend Mark im Pott bedeuteten. Es gab aber auch Tage an denen der Andrang so groß war, dass manch Einer bloß ein Pferd bekam und fünfzig Mark Einsatz pro Starter bezahlt wurden und somit zweitausend Mark zusammen kamen. Der Sieger erhielt 50%, der Zweite 30%, der Dritte 15% und der Vierte 5% vom Pott.

Jedes Pferd hatte einen Namen. Ich führte eine Liste wie viele Siege und Platzierungen jeder Gaul vorzuweisen hatte. Es gab Pferde, die schafften es einfach nicht in die Platzierung zu kommen, und andere legten eine regelrechte Rennkarriere hin.

Durch die Namen der Pferde, ihren Farben und ihren Nummern, den bunten Dressen der Jockeys und vor allen Dingen den gezeigten Rennleistungen wurde den Gäulen wirkliches Leben eingehaucht. So hatte manches Pferd mit der Zeit eine echte Fangemeinde, was zur Folge hatte, dass ich noch zusätzlich einen Wett-Pott einführte. So konnte jeder mit einem Einsatz von zehn Mark pro Pferd, Siegwetten abschließen. Oft war der Wett-Pott so hoch oder etwas höher als der Zweitplatzierte an Preisgeld bekam. Die meisten Zocker wetteten nicht ihre eigenen Pferde, sondern auf einen der Gegner, um sich abzusichern, falls man seine eigenen Renner nicht in die Platzierung brachte. Viele wetteten auch auf ihr Lieblingspferd. Oft war dieses von einem anderen Spieler beim reihum Aussuchen weggeschnappt worden. Meistens wurden die Gäule gewettet, die sich in letzter Zeit einen Namen gemacht hatten.

Auf jeden Fall war der Freitag für meine Rennen der geeignetste Tag.

Nicht nur weil jeder Geld in der Tasche hatte, sondern weil zwischen den Renntagen Mittwoch und Sonntag ein Tag mehr liegt als zwischen Sonntag und Mittwoch. Für uns Zocker eine lange Zeit und schwer zu ertragen.

Und Zocken war neben Rennen fahren und Sex nun mal die dritte Stütze für unsere Arbeitsmoral. Deshalb juckten Freitags die Würfel.

Die Sache mit meinen Freitagabend-Rennen sprach sich immer mehr herum und bald hatte ich so ein mulmiges Gefühl wegen unerlaubten Glückspiels eines Tages Ärger zu bekommen. Deshalb wechselte ich immer nach ein paar Wochen die Veranstaltungsplätze.

Eines Freitagabends stieg die Sache in einer Garage zu Hause bei Beethoven. Beethoven war ein Brummer von Kerl und vor kurzem hatte er sich beim Friseur Locken legen lassen. Die Dauerwellen lagen jedoch nicht, sondern standen in alle Richtungen ab.

In seiner kanariengelben Jacke und seinen wirren Haaren sah er ziemlich daneben aus. Wir konnten uns alle das Grinsen nicht verkneifen, als wir ihn mit seiner neuen schmucken Frisur sahen.

Der allgemeine Tenor war:

„Schick siehst Du aus, und so intelligent, wie dieser Beethoven von früher." „Genau", meinten Andere „Genau wie dieser intelligente Forscher oder Erfinder, jedenfalls genau wie dieser Beethoven."

Einer war jedoch der Meinung, dass Beethoven ganz sicher ein Komponist war. Ich glaube es war Gottfried. Gottfried war wahrscheinlich der feingeistigste unserer Truppe. Er mimte den Lyriker, jedenfalls schrieb er Gedichte und Kurzgeschichten. Ob sie was taugten oder ob es Schnarcher waren, konnte ich damals noch nicht beurteilen. Jedenfalls gab Gottfried immer solch enorm intelligente Dinge von sich. So wie diese Sache hier mit dem Komponisten.

Egal wie, Beethoven sah heute aus wie Ludwig van Beethoven und war seit diesem Abend nur noch überall als Beethoven bekannt.

Wir waren vierzehn Leute und es war verdammt eng in der Garage.

Wir hatten achthundert Mark als Sieg- und Platzprämien und nochmal zweihundertachtzig Mark im Wett-Pott.

Es sah die ganze Zeit danach aus, als sollte „Wailing Willy" den Sieg-Pott abholen. „Wailing Willy" hieß nicht das Pferd sondern sein Besitzer. Willy hatte den Beinamen „Wailing", weil er immer am jammern war.

Sein Renner hieß „Crocodile Willy".

„Wailing Willy" war Stammgast und versuchte immer jeden Freitag „Crocodile Willy" zu ergattern und an den Start zu bringen, weil er eben genau wie er „Willy" hieß. Aber weder der eine noch der andere „Willy" war bisher aufgefallen, dass sie etwas von den Rennprämien abbekommen hätten.

Heute jedoch war ihr Tag.

„Wailing Willy" hatte „Crocodile Willy" von Beginn an in Führung gebracht. Und nach jeder Würfelrunde konnte er seinen Vorsprung ausbauen.

Wir hofften alle, dass er endlich im Tempo nachlassen würde oder an einer der Hürden patzte. Aber der Gaul nahm jede Hürde souverän und der Abstand zum restlichen Feld wurde immer größer.

Und wie „Wailing Willy" sich beim Würfeln gebärdete, war für uns alle kaum auszuhalten. Seine Kommentare vor und nach jedem Wurf wurden immer unerträglicher.

„Fresst meinen Dreck!"

und „Crocodile Willy!" Merkt Euch den Namen!"

oder „Sieg oder Blut am Socken!"

Mit der Zeit wurde er immer lauter. Als es auf die Zielgerade zu ging war er mittlerweile heißer und seine Sprüche brachten den Laden langsam zum kochen.

Man konnte nur hoffen, dass er sein Pferd schlecht auf die Zielgerade brachte und dass er möglichst lange, bis ins Ziel, sich nur mit einem Würfel abarbeiten müsste.

Aber er schickte „Crocodile Willy" mit einem Riesensatz ins „Einerfeld".

Der Gaul hatte jetzt schon über die Hälfte der Zielgeraden zurückgelegt.

Sein Vorsprung war so groß, dass selbst wenn Willy
ab jetzt nur noch „Einser" würfeln sollte, was jedoch
unwahrscheinlich wäre, es schwer sein würde ihn
noch abzufangen. Unsere letzte Chance war der
Wassergraben vier Felder vorm Ziel. Da konnte er
noch reintappen.

Aber bei einem Würfel stehen die Chancen 5 zu 1
dagegen.

Die Hoffnungen, der Sieg sei „Crocodile"- und
„Wailing Willy" noch zu nehmen, waren im allgemeinen dahin und doch sollte an diesem Abend
noch etwas Unvorhergesehenes geschehen.

Denn plötzlich fiel das Licht aus.

Die Schreierei ging sofort los und alle forderten
Beethoven auf, sich um Beleuchtung der Rennstrecke zu kümmern.

Entweder war es ein Stromausfall oder in der Enge
der Garage war jemand an den Lichtschalter gekommen. Feuerzeuge wurden gezückt und endlich
hatte Beethoven den Lichtschalter gefunden.

Das Ganze hatte vielleicht dreißig Sekunden Dun-
kelheit bedeutet. Als das Licht wieder anging war
allen Beteiligten sofort klar, dass niemand unabsichtlich an den Lichtschalter gekommen war, sondern dass hier ein Spielbetrüger am Werk war und
zwar, nach dem ersten Eindruck, auf eine sehr
plumpe Art und Weise. Selbst einem unbeteiligten,
desinteressierten Zuschauer wäre die Sache aufgefallen.

Nur zwei Felder hinter dem führenden Pferd „Crocodile Willy" war auf der Zielgeraden jetzt plötzlich „Tiger B. Smith" im Nacken des sicheren Siegers aufgetaucht.

Sofort war die Hölle los.

Alle sprangen durcheinander und brüllten herum.

Jeder wusste wer heute Abend der Besitzer des von allen begehrten Rennpferdes „Tiger B. Smith" war.

Es war „Brüller", der sich, da er durch Los als Erster ein Pferd aussuchen konnte, das begehrte Formpferd gesichert hatte.

„Brüller" war ein Winzling und hieß eigentlich Müller, aber wenn er redete schrie er geradezu. Wahrscheinlich war er schwerhörig. Aus seinen Ohren tropfte immer reichlich Schmalz.

Den konnte man ganz deutlich sehen, den Schmalz.

Außerdem hatte er eine grässliche Stimme. Deshalb hieß er bei allen der „Brüller".

Er schrie auch an den Renntagen quer durch die Wetthallen, dass ihn jeder hören konnte:

„Die 6, „Oktopus" macht's, Ihr Idioten! Das ganze Stallgelände weiß Bescheid."

Wo Andere nur wage Andeutungen machten oder sehr diskret etwas weitergaben, keifte der Brüller:

„Ich hab nen Tipp gekriegt. Die 4, „Speedy Snyder" kann nicht verlieren!"

Manchmal aber stiftete er auch Verwirrung, indem er einen Vollkracher mies machte. Er kläffte durch die Gegend, für jeden im Umkreis von über hundert Metern nicht zu überhören:

„Der Favorit, die 9, „Wendehals" hat Fieber. Ist ne Schande, dass sie ihn trotzdem anspannen."

Die Gäule, die er raus posaunte, waren die krümmsten Außenseiter mit irren hohen Quoten. Niemand hatte je gesehen oder gehört, dass einer seiner Ansagen stimmte. Jeder kannte den „Brüller". Nur die Rennbahnneulinge fielen auf ihn herein.

Wir Alle waren strapazierfähig und konnten Einiges vertragen. In unserer Branche wurden Verluste und sonstiges Unbill locker weggesteckt.

Aber gezinktes Spiel oder Spielbetrug am heiligen Freitag, dem Zahltag, war hier Niemandem zumutbar.

Keiner von uns konnte den „Brüller" richtig leiden. Jeder hätte dem Krakeeler schon allein wegen seiner Stimme gern mal eine reingehauen. Und jetzt bei solch einem dreisten Betrugsversuch war der Zeitpunkt gekommen es dem brüllenden Müller heimzuzahlen. Niemand hätte die Bande jetzt mehr im Zaum halten können.

Die Sache war glasklar.

„Brüller" stand nicht weit weg vom Lichtschalter. Beethoven, der gerade das Licht wieder ein geschaltet hatte, stand neben ihm. Er riss den „Brüller" herum und versetzte ihm einen Aufwärtshaken.

Von Kulle bekam er einen Tritt.

Von Krause fing er eine schwere rechte Gerade.

Freddie Mischke war damals Boxer. Mittelgewicht glaube ich. Flinke Beinarbeit und eleganter Techniker. Er hatte mal um die deutsche Meisterschaft gekämpft, war aber dann schwer auf die Bretter geschickt worden. Mischke hielt sich heute Abend mit Schlägen nobel zurück, warf aber sein Bierglas nach dem „Brüller".

Bronco, sturzbetrunken wie immer, nahm die Aktion von Freddie Mischke als Beispiel und schmiss auch sein Bierglas. Bronco hatte jedoch nicht das gleiche Balancegespür und die Zielgenauigkeit wie Freddie. Sein Bier bekam Beethoven ab.

Und dann war da noch „Lotti". „Lotti" mit der großen Klappe und der spitzen Zunge. Sie war die einzige Frau heute Abend. Sie war eine gute Pferdepflegerin und genau, wie wir alle, dem Zocken verfallen. Sie schrie und beschimpfte den „Brüller". Ihr Sprachschatz, was Schmähungen betraf, war enorm. Dann spuckte sie von der anderen Seite der Rennbahn, quer über den Tisch nach dem „Brüller" und landete tatsächlich den Treffer voll in seiner Visage.

Starke Aktion, Lotti! Wusste gar nicht, dass Du spucken kannst wie ein Lama.

Das hatte sie sicherlich lange geübt.

Alle schrien durcheinander.

„Brüller" brüllte noch lauter als sonst: „Wie seid ihr denn alle drauf?" und in einem fort krakeelte er, dass er unschuldig sei.

Jetzt war „Wailing Willy" zur Stelle. Er war der am meisten Geschädigte bei dieser Sache. Er war völlig außer Rand und Band und schäumte vor Wut. Nach zwei Schlägen in die Magengegend hob er den leichtgewichtigen „Brüller" mit beiden Händen am Hals in die Luft und begann ihn unter schwersten Beschimpfungen zu würgen.

Die Dinge gerieten außer Kontrolle. Gleich würden sie die Arena auseinander nehmen. Der Raum war einfach zu klein für solch ein Chaos.

Durch den ganzen Zirkus und die Rempeleien fingen die Platten der Rennbahn an zu wanken. Ich ergriff die Gelegenheit und half mit dem Knie nach, um die ganze Bahn zum Einstürzen zu bringen.

„Abbruch des Rennens wegen Betrugsversuch und Tumulten auf der Rennbahn!" lautete mein Schiedsrichterspruch.

„Die Einsätze werden an alle Beteiligten zurückbezahlt".

Dies rettete dem „Brüller" höchstwahrscheinlich das Leben.

Er war im Gesicht schon ziemlich rot angelaufen.

„Wailing Willy" ließ ihn los und fing an zu jammern, er habe das Rennen klar gewonnen und ihm stehe die Siegprämie zu. Alle anderen Beteiligten, inklusive mir selbst, deren Pferde hoffnungslos geschlagen waren, waren natürlich der Meinung, dass „Crocodile Willy" noch nicht als Sieger feststand. Es sei nun mal eine unbestreitbare Tatsache, dass er noch nicht den gefährlichen Wassergraben kurz vor dem Ziel gemeistert habe. Hier zähle nun mal der Maßstab schonungsloser Professionalität.

„Wailing Willy" war am Boden zerstört. Alle Anderen waren froh ihre Einsätze wieder zu bekommen.

Willy fluchte und schimpfte weiter auf den „Brüller" und wollte, dass wenigstens der Einsatz des miesen „Brüllers" an ihn als Entschädigung ausbezahlt würde. Der Vorschlag wurde von allen einstimmig angenommen. Selbst „Brüller" war einverstanden. Er war froh endlich wieder Luft zu bekommen. Zwar beteuerte er weiterhin, jetzt nur noch mit leiser Stimme, seine Unschuld, aber auch er sei mit dem Vorschlag einverstanden um weiteren Angriffen gegen seine Person vorzubeugen.

Die Einsätze wurden also von mir zurückbezahlt.

Als es jedoch an die Auszahlung des Wett-Potts ging, zeigte sich der Sachverhalt in einem ganz anderen Licht. Der Betrugsversuch schien doch nicht so plump zu sein wie es zuerst für alle aussah.

Auf den Wettzetteln standen die Namen der gewetteten Pferde und der Name des Spielers, der die Wette getätigt hatte.

Wie sich herausstellte hatten zwei Personen auf den zur Zeit allgemein beliebten „Tiger B. Smith" gewettet.

Der eine war Oskar, einer der beiden Zackmann-Brüder. Er war der ältere Bruder des zur damaligen Zeit talentiertesten Nachwuchsfahrers Leo Zackmann. Beide Zackmänner waren jeden Freitagabend Stammgäste.

Und der Andere, der „Tiger B. Smith" gewettet hatte, hieß Murks.

Murks war schon Dreißig, sah aber aus wie ein vom Leben malträtierter Fünfundfünfzigjähriger. Vor kurzem hatte er sich von einer Zigeunerin die Zukunft voraussagen lassen. Die meinte, seine Zukunft läge schon hinter ihm. Er würde nicht allzu alt werden. Seitdem lebte Murks sein Leben auf der Überholspur. Und seitdem musste er sich von allen den bekannten Spruch anhören: „Ich wünsche Dir, dass Du mal so alt wirst, wie Du jetzt schon aussiehst!"

Die beiden waren mir schon die ganze Zeit wegen ihrem schadensfrohen Grinsen aufgefallen, nachdem das Licht wieder eingeschaltet war. Sie standen beide ebenfalls nicht weit weg vom Lichtschalter. Sie hatten sich offensichtlich zusammengetan um wenigstens noch eine Chance auf den Wett-Pott zu haben. Einer hatte das Licht ausgeschaltet, während der Andere gleichzeitig „Tiger B. Smith" weit nach vorne rückte. Falls die Sache auffiel, was bei dieser Dreistigkeit in der Endphase des Rennens wohl außer Frage stand, hatte ein Anderer den Ärger. In diesem Falle der arme unschuldige „Brüller". Beide hatten die ganze Zeit kräftig mitgeschrien, was für eine Sauerei sich „Brüller" da erlaubt hätte. Das Ganze jedoch mit einem amüsierten Gesichtsausdruck.

Ich brachte den Vorwurf vor allen zur Sprache. Sie stritten beide die Anschuldigungen vehement ab. Aber Jeder konnte in ihren Gesichtern und in ihren Augen lesen, dass sie logen.

Keiner wollte die Sache wieder neu aufkochen.

Alle, außer „Wailing Willy" waren zufrieden, dass sie ihr Geld von den Einsätzen wieder hatten und es schien den Anschein zu haben, dass die Mehrzahl der Anwesenden stillschweigend der Meinung war, der nervende „Brüller" hätte schon lange ein Abreibung verdient gehabt.

Da alle noch Geld zum Zocken hatten, machte ich den Vorschlag ihnen noch eine andere Rennbahn vorzustellen. Ich hatte das Teil von Jack einem ehemaligen Jockey aus Schottland, der jetzt hier auf der Bahn in einem Rennstall arbeitete, abgekauft. Er hatte von meinen Rennveranstaltungen gehört und bot mir das Spiel für Hundertfünfzig Mark an. Mir war sofort klar, das Teil musste ich haben. Wir einigten uns auf einhundertzwanzig Mark. Es war ein altmodisches Spiel, so aus den frühen fünfziger Jahren. „Escaledo" stand auf der Box. In Deutschland gab es so ein Spiel nicht zu kaufen. Wahrscheinlich kam es aus England oder Amerika.

Der Einsatz von einhundertzwanzig Mark war auf jeden Fall eine gute Investition. Ich sollte mit der Bahn eine Menge Geld verdienen.

Während bei dem Würfelspiel ein Rennen ungefähr zwei Stunden dauerte, war hier die Sache in ca. vierzig Sekunden entschieden. Die Bahn war ungefähr hundertfünfzig cm lang und ca. fünfundzwanzig cm breit. Das Material war ein grünes gewachstes Tuch, sowie bei den frühen Tipp-Kick Fußballspielen. Auf der einen Seite war das Tuch mittig mit einer Verbindung an einem flachen Kasten befestigt, auf der eine Kurbel angebracht war. Der Kasten wurde mit Schraubzwingen auf einem Tisch oder einem breiten Brett befestigt. Auf der anderen Seite wurden die beiden Eckkanten der Bahn durch ein Gummi und einen Haken, mit etwas Spannung auf dem Gummi, an der Tischkante eingehakt. Auf der Seite mit dem Gummi wurden neun buntbemalte Pferde aus Zinn alle nebeneinander aufgestellt. Sehr schön anzusehen. Durch das Drehen der Kurbel bewegte sich im Inneren des Kastens ein Zahnrad, das abwechselnd Spannung aufbaute und dann, durch das Abrutschen vom Zahnrad, die Spannung wieder ruckartig losließ. Die Bahn wurde praktisch immer ein kleines Stück an den Kasten herangezogen und dann wieder plötzlich losgelassen. Das Gummi auf der anderen Seite erlaubte es der Bahn die Bewegungen mitzumachen. Die Pferde waren aus schwerem Material, standen mit gestreckten Gliedmaßen breitbeinig da und schoben sich mit jedem Ruck der Piste einen kleinen Schritt nach vorne. Wenn man die Kurbel schnell drehte, bemerkte man überhaupt kein Ruckeln der Bahn und der Pferde mehr. Sie rannten einfach wie von Geisterhand gezogen auf die gegenüber liegende Ziellinie zu. Spannende Sache! Das Geknatter der Kurbel hörte sich an wie Hufgetrappel. Mit etwas Fantasie.

Um die Sache noch spannender zu gestalten waren auf der Rennstrecke alle vierzig cm Linien mit Noppen quer eingebaut. Durch diese mussten sich die Gäule durchschieben. Klappte nicht immer. Denn blieben sie mit einem Vorderfuß an einem Noppen hängen, wurden sie durch das Zuckeln der Bahn nicht nur aufgehalten, sondern sogar einen Satz zurückgeworfen. Blieben sie mit einem Hinterbein an einem Noppen hängen, brachte das sie manchmal aus dem Gleichgewicht und ließ sie umfallen, was zur Folge haben konnte, dass sie auch noch die benachbarten Pferde behinderten.

Die Spieler konnten bei mir auf Sieg wetten.

Ich zahlte das Fünffache aus. Also bei einem Einsatz von fünf Mark gab´s Fünfundzwanzig bzw. bei zehn Mark gab´s fünfzig Mark zurück.

Bei neun Pferden am Start und Siegwetten auf verschiedene Pferde, konnte für mich als Buchmacher nicht viel schiefgehen. Es sei denn, mehrere Personen hatten auf ein und dasselbe Pferd gewettet und es siegte tatsächlich. Musste auch mal sein, um die Zocker bei Laune zu halten.

Das Spiel schlug an diesem Abend voll ein. Die Meute war begeistert. Besonders Pharao war kaum zu bändigen. Er setzte an diesem Abend immer wieder viel Geld und verlor auch alles, was er dabeihatte.

Wie Pharao in Wirklichkeit hieß, weiß ich gar nicht. Er sah aus wie die ägyptische Mumie von Ramses. Er konnte es nicht ab, wenn wir ihn Ramses nannten, aber Pharao ließ er sich gefallen. Es schmeichelte ihm sogar. Jedes Mal, wenn ihn jemand Pharao nannte, setzte er seinen Kopf noch aristokratischer in Szene. Diese Pose schien er jahrelang einstudiert zu haben.

Er hatte auch mal eine kleine Nebenrolle beim Film und redete immer davon, er werde eines Tages noch mal groß rauskommen. Und dann würde er sich rar machen. Wenn wir ihn dann noch sehen wollten, müssten wir seine Filme anschauen.

Pharao lungerte immer auf der Rennbahn herum und hielt Kontakt zu Allen, um einen Tipp zu bekommen. Einmal in seinem Leben hatte er eine fette Dreierwette getroffen. Davon hatte er sich dann einen Cabriolet gekauft. Ich weiß nicht mehr genau welche Marke. Jedenfalls schön auffällig rot lackiert. Mit der Kiste schleppte er so manche Braut ab. Aber die blieben nie lange, weil sie schnell spitz bekamen, dass er außer seinem dicken Auto nichts besaß. Im Gegenteil, er war meistens pleite, lieh sich für seine Zockerei immer Geld bei allen Leuten und ließ überall anschreiben.

An diesem Abend wollte er mir unbedingt mein neues Spiel abkaufen. Er bot mir, für unsere Verhältnisse, ein kleines Vermögen.

Ich lehnte ab. Denn erstens hatte er kein Geld mehr an diesem Abend und wollte bei mir, wie überall, anschreiben lassen und demnächst bezahlen. Und zweitens war das meine Show.

Ab jetzt kam die Bahn jeden Freitagabend vor und nach jedem Würfel- Rennen zum Einsatz.

Mit der Zeit wusste ich genau wann und auf welcher Position jeder Gaul am besten ging. Wo ein Gaul sturzgefährdet war oder wo Einer die Anderen nach außen abdrängte. Außerdem konnte ich durch eine Positionsveränderung des Hakens mehr Spannung auf die eine oder andere Seite des Gummis geben, was zur Folge hatte, dass die Pferde auf einer Seite der Bahn mehr Tempo drauf hatten. Gab ich dem Kasten mit den Zwingschrauben eine leichte Drehstellung, liefen die Pferde etwas schräg, sodass auf der einen Seite ein oder zwei Kandidaten von der Bahn abkamen. Auf der anderen Seite kamen die Pferde zwar schneller voran, waren aber durch die Schrägstellung viel gefährdeter zu stürzen wenn sie an die Noppen kamen.

Es war also für die Wetter nicht so einfach den Sieger vorherzusagen.

Auch wenn ich zuletzt immer als Sieger dastand, war es jedoch für alle ein Riesenspaß. Natürlich nahm der Ein oder Andere auch einen Gewinn mit nach Hause. Aber dafür verloren die Anderen und damit zahlten sie die Gewinner und für mich blieb am Ende immer ein Plus übrig.

Das Ganze hatte vor allen Dingen einen großen Drive drauf.

Eine Minute Pferde postieren, einen kurzen Moment den prachtvollen Anblick genießen, ca. zwei bis drei Minuten Wetteinsätze entgegen nehmen und ca. vierzig Sekunden die Pferde rennen lassen. Dann, gegebenenfalls, die Gewinne auszahlen und wieder auf ein Neues.

So kurbelte ich mir alle fünf Minuten frisches Geld in die Kasse.

Außerdem war dieses Spiel leicht auf und wieder abzubauen und im Gegensatz zur großen Bahn einfach in einer Kiste zu verstauen und zu transportieren.

Auf jeden Fall gab mir dieses Spiel als junger Mann das beruhigende sichere Gefühl, mit Vertrauen positiv in die Zukunft zu blicken. Egal was für schlechte Zeiten kommen sollten, mit diesem Spiel würde ich mich zur Not ernähren können.

Die schlechten Zeiten kamen jedoch nicht wirklich. Falls sie dennoch kommen sollten, die Bahn ist zwar seit langem weggepackt und verstaut, aber ich besitze sie noch immer.

9. Bulli I - Glatteis

VW-Bus war damals Kult. Aber auch nur weil die Kiste so beknackt aussah. Eigentlich war so ein Gefährt gebaut worden für Warentransporte im Stadtverkehr oder, um einen Trupp Arbeiter auf die Baustelle zu bringen. Aber für längere Strecken? Mehr als 120 km/h an Höchstgeschwindigkeit brachte der Motor nicht. Und das war auch gut so. Wenn der Bus mit zu hoher Geschwindigkeit auf eine nasse oder schmierige Piste kam oder man zu schnell in eine Kurve ging, kam man ins Schleudern. Das Gleiche konnte bei einer Vollbremsung passieren. Und die Knautschzone im Cockpit war gleich Null. Man hing auf miesen Sitzen, eingeklemmt hinter einem viel zu großen, schäbigen, fast horizontalem Lenkrad, direkt hinter der Windschutzscheibe und blickte, da der Motor hinten lag, von oben steil auf die Straße hinunter. Außer einer lächerlichen Stoßstange war da gar nichts mehr.

Nach meiner Ausbildung als Trabrennfahrer, war der Traum von einer Karriere in diesem Beruf so ziemlich abgewürgt. Aber kein Grund zu trauern. Jetzt wollte ich endlich wieder etwas Selbstständiges machen und wieder mein eigenes Geld verdienen.

Zwei meiner alten Freunde aus der Landkommunenzeit waren in den Wollhandel eingestiegen. Sie holten Schafswolle aus Nordgriechenland. Gute

Wollqualität, ungefärbt, nur weiße, graue und braune Naturwolle.

Sie verdienten gut damit. War Ende der siebziger Jahre der Renner. Selber Stricken war in.

Ich flog nach Kreta und orderte einen ganzen Lastwagen voll mit Wolle. Bunt eingefärbte Wolle. In den schrecklichsten knalligen Farben.

Die Wollqualität war mies. Total kratzig.

Trotzdem hatte ich damit den Nerv der Zeit getroffen. Knallbunt war jetzt gefragt und die Frauen waren alle im Strickfieber.

Ich stand in Berlin auf dem Markt und brauchte die Wolle nur abzuwiegen, in Tüten zu verpacken und abzukassieren. Ich konnte den Ansturm von Frauen kaum alleine bewältigen.

Micky kam mich in Berlin besuchen und stieg mit ins Geschäft ein. Wir hauten den ganzen Herbst und Winter die Wolle raus.

Als Fahrzeug hatte ich mir, in Erinnerung an unseren Flohmarkt-Bulli, genau so ein Teil zugelegt. Ein ausrangierter Baustellen-VW-Bus.

T2-Model. Orangefarben.

Einer von uns beiden musste ab und zu in den Westen fahren, um Nachschub zu holen. Mein Woll-Lager hatte ich in der Nähe von Koblenz.

Auf so einer Tour hatte ich bei der Rückfahrt an der letzten Raststätte vor der Zonengrenze noch mal angehalten. Ein Typ mit einem kleinen Rucksack sprach mich an, ob ich ihn nicht mit nach Berlin nehmen könnte. Es war schon spät am Abend und er befürchtete die Nacht auf der Raststätte verbringen zu müssen.

An den letzten Tramper, den ich mitgenommen hatte, hatte ich sehr unangenehme Erinnerungen.

Vor einem halben Jahr hatte ich einen Freund im Weserbergland besucht. Sehr seltsame Gegend. Besser gesagt, landschaftlich sehr schön, aber eigenartige Bewohner.

Beim Rückweg fuhr ich eine längere Zeit stromabwärts an der Weser entlang. Auf der Strecke nahm ich einen jungen Anhalter mit.

Von Anfang an gefiel mir seine gruselige Stimme nicht. Er redete betont langsam und hatte einen befremdlich antiquierten Wortschatz.

Er erzählte mir dann von den vielen Staustufen an der Weser und dass an jeder Staustufe eine Menge angeschwemmter Babyleichen gefunden worden wären. Und das schon seit ewigen Zeiten und Generationen. Diese Sache würde von den Behörden verheimlicht. Und er wäre nur bei mir ins Auto eingestiegen, um dies der Menschheit mitzuteilen.

Was sind das denn für Ansagen? Total kryptisch.

Ich schaute jetzt zu ihm hinüber und sah mir den Kerl genauer an.

Verdammte Scheiße! Aus welcher Gruft war der denn aufgestanden?

Das war überhaupt kein junger Mann. Der sah verdammt alt aus. Leichenblass mit wenigen weißen Haaren, die sich wie bei einem Reiher am Hinterkopf nach oben bogen. Sein Unterkiefer stach wie bei einer Echse hervor und sein Ohr hing voller Spinnweben.

Dass ich mich unbehaglich fühlte, wäre eine absolute Untertreibung. Schlagartig war es ein paar Grad kälter im Auto und ich spürte wie sich meine Nackenhaare sträubten. Meine Gedanken vergaloppierten sich.

Der Klabautermann, Shit! Was geht denn hier ab?

Der Sensenmann taucht aber früh auf in meinem Leben und so unerwartet.

Cool bleiben! Bloß nicht flattrig werden.

Du musst jetzt Würde bewahren. Beruhige dich, denk nach!

Schau da zu Gevatter Hein erst wieder rüber, wenn du klar im Kopf bist!

Irritation lag in der Luft. War ich jetzt noch hier? War ich in so eine Parallelwelt hineingerutscht. Oder durch so ein Zeit-Tor oder so einen Schleier in ein anderes Universum eingetreten? Oder wie oder was? Aber ich saß ja hier in meinem Bus und war offensichtlich am fahren. Daher blieben nur zwei Möglichkeiten. Weder die eine noch die andere war weniger besorgniserregend. Entweder war mein Gehirn psychotisch und ich wurde langsam total irre oder ich musste den nackten Tatsachen des Lebens ins Auge schauen und diesen Gast in meinem Auto als echt akzeptieren.

Die zweite Version gewann in meinem Kopf die Oberhand.

Cool bleiben! Steigere dich jetzt in nichts hinein. Erst einmal Zeit herausschinden.

Aber warum musste so eine extreme Person gerade bei mir einsteigen?

Ich schaltete das Radio ein, aber das machte es auch nicht besser. Sie brachten gerade so eine unheilschwangere Brass-Musik aus Siebenbürgen.

Klagende Blasinstrumente, die eine langsame, schwermütige Beerdigungsmusik spielten.

Der Typ faselte weiterhin düsteres Zeug. Feierlich und ernst erzählte er mir die schaurige Mär von einem uralten Wesen.

Die Geschichte ging ungefähr so:

Schon seit vorchristlichen Zeiten würde in diesem Landstrich eine alte Flussgöttin verehrt.

Eine Ahn-Herrin der ganzen Gegend hier.

Tausende von Jahren alt.

Ihr zu Ehren und zum Wohl des Landes würden diese Babys geopfert.

Da hätten auch die frühen Missionare und Mönche des altehrwürdigen Klosters Corvey nichts dran ändern können. Der Brauch hätte bis heute überlebt.

Beim Erzählen musste ich dann doch noch mal rüber linsen, um mich zu vergewissern, ob er wirklich redete oder ob der Film nur in meinem Kopf ablief.

Es lies sich nicht leugnen. Er bewegte tatsächlich sein scheußliches Echsengebiss. Und der bleiche Gast sah mit seinem Alligator Grinsen noch genauso befremdlich und abartig aus wie zuvor.

Verflixt! Der war wirklich hässlich, dieser Gruselgreis.

Sehr hässlich.

Die einzig beruhigende Wahrheit war: dieses bizarre Exemplar eines Trampers schien doch nicht der Schnitter zu sein. Ich war mir zwar nicht ganz sicher wie der Sensenmann aussehen sollte, aber es fehlten ihm die Attribute, zum Beispiel die Sense. Die hatte er nicht dabei.

Ich musste eine Zigarette rauchen.

Blitzartig kam mir eine brillante Idee.

Wurde auch Zeit einen Gegenangriff zu starten.

Wenn ich ihm eine Zigarette anböte, könnte ich herauskriegen, was mit ihm los ist. Nur ein Mensch würde eine mitqualmen. Ein Geist, ein Vampir, ein Zombie oder sonstige Mutanten oder Horrorgeschöpfe, die auf Gottes Erde wandeln, rauchen für gewöhnlich nicht.

Und sollte dieser hässliche Kerl da ein Mensch sein, würde ich diesen scheußlichen, bösartigen, perversen Spinner eine reinwürgen und mit einem Tritt aus meinem Bus befördern. Ich musste mich nicht durch das krasse Geschwätz von so einem wunderlichen Kauz, Eremit oder Möchtegernheiligen erschrecken und verspotten lassen.

Aber es war ja klar.

Mein Beifahrer lehnte die von mir angebotene Zigarette ab.

Über solch menschliche Gelüste wäre er schon lange hinweg.

Die Situation ging mir langsam ziemlich bis völlig an die Nieren.

Weitere düstere Worte folgten.

Als wir dann nach einer geraumen Zeit an einem alten Friedhof vorbei kamen, meinte er, dass er hier aussteigen müsse.

Bevor er ausstieg tat der Kerl mir noch kund, ich sei der Auserwählte, der in dieser Gegend alle Frauen beglücken sollte und möglichst viele Kinder zeugen müsse.

Na, Halleluja und Ave Maria!

Ich war schwer erleichtert, als der düstere Kerl dann wirklich aus meinem Auto verschwunden war.

Jetzt brachten sie auch endlich wieder eine andere Musik im Radio. Irgend so ein Schwachsinns-Gedudel, für die allgemeine Mehrheit komponiert. Ein Zeug, was ich mir normalerweise nicht anhöre. Aber hier, in diesem Moment, tat es gut.

Es schien mir geraten, mich langsam von dieser seltsam bevölkerten, absurden Gegend zu verabschieden. Weg von diesem befremdlichen Fluss mit der blutgierigen Göttin.

Üble Sache, dieser Landstrich.

Schien eine Brutstätte äußerst grauenerregender Wesen zu sein.

Hier konnte man echt einen Kulturschock kriegen.

Die Frage beschäftigte mich, was für Götter wohl sonst noch unter uns sind. Ich hatte das Bedürfnis wieder echte Menschen zu sehen.

Besser ich würde diese schaurige Gruselgeschichte unserer gemeinsamen Reise an der Weser erst einmal für mich behalten. Nur völlig durchgeknallte Typen würden mich vielleicht verstehen. Jeder Andere würde mich für kirre halten und alle meine Bemühungen und Beteuerungen, dass ich hier die reine Wahrheit erzähle, würden unwirksam bleiben.

So ein hirnverbranntes Zeug. Er sollte lieber die Finger von den Drogen lassen, würde ich mir anhören müssen.

Also, hier war wieder ein Anhalter. Ich guckte mir daher jetzt den Mann genauer an, der da bei mir nach Berlin mitfahren wollte.

Er hatte zwar hässliche Ohren, es waren jedoch keine Spinnweben daran.

Aber irgendwie hatte er so eine fickrige, nervöse Ausstrahlung.

„Kannst einsteigen, wenn Du keine Drogen dabei hast. Ich will keinen Ärger bei der Grenzkontrolle haben." machte ich ihm klar.

„Hab ich nicht." meinte er. „Alles easy, Mann."

Sein Name sei „Sprotte".

Wie kann einer so heißen? , war mein Gedanke. *Vielleicht sollte ihn doch jemand Anders mitnehmen.*

Er hatte eine markante Hakennase und strähnige, halblange, wirre Haare. Seine schwarzen Augen wirkten flattrig. Der ganze Typ hatte so was Quengeliges an sich. Sprotte sah aus als hätte er eine beschissene Kindheit gehabt.

Mir kam dann in den Sinn, dass mein eigener Name auf andere Menschen auch seltsam wirken könnte. Hecht klingt halt auch sehr nach Fisch.

Außerdem hatte ich ihm ja schon halb zugesagt und so war Sprotte, trotz seines scheußlichen Namens, jetzt mein Beifahrer.

An der Grenze warnten uns die Beamten eindringlich, hinter Magdeburg bis Berlin sei es spiegelglatt. Es wären schon überall eine Menge Unfälle passiert. *Na gut!* Es war zwar Ende November und vor einer Woche war reichlich Schnee gefallen, aber seit zwei Tagen war es pisswarm und man konnte zusehen wie der Schnee zusammenschmolz. Außerdem fing es leicht an zu regnen. Wenn wir Frost hätten, würde es ja schneien, war unsere Meinung. Im Radio hatten sie auch nichts durchgesagt von Minustemperaturen.

Alles bloß Panikmache.

Am Anfang fuhr ich noch ein bisschen vorsichtiger. Die Straße war nass. Man hörte an den Reifen, wie das Wasser spritzte. Keine Spur von Frost.

Also konnte ich ruhig ein wenig schneller fahren.

Wir hatten die Elbe bei Magdeburg passiert und die Piste sah immer noch gleich aus. Mittlerweile hatte es aufgehört zu regnen.

Als wir mit Schwung den Scheitelpunkt eines Buckels erreicht hatten, war die Welt auf der anderen, leicht abschüssigen Seite eine andere.

Die Kiste fing auf dem Eis sofort an auszubrechen.

Ich musste heftig dagegen lenken, aber kaum hat man dagegen gelenkt, bricht die Scheißkarre in die andere Richtung weg.

Bei jedem Gegenlenken wurde es schlimmer.

Der Motor und somit der Schwerpunkt dieser fehlkonstruierten Schleuder liegt nun mal hinten und ich wusste was gleich passieren würde. Jeden Moment musste uns das Heck überholen.

Und so war es dann auch.

Wir schossen mit dem Hinterteil nach vorne durch den Mittelstreifen.

Auf den alten DDR-Autobahnen gab es überhaupt keine Leitplanken und Seitenbegrenzungen. Auf dem Mittelstreifen lag noch reichlich Schnee. Außerdem war da ein leichter Graben. Wir rutschten, mit dem Heck nach vorne, die Senke hinunter und auf der anderen Seite wieder hoch. Mit den Vorderreifen hingen wir bergab im Graben und im Schnee

fest und mit dem Arsch standen wir auf der Überholspur der Gegenseite.

Während der Schleudertour hatte mein Mitfahrer
die ganze Zeit einen Schreikrampf. Sprotte schrie
nach seiner Mutter.

Seine Mutter schien also an seiner beschissenen
Kindheit keine Schuld zu haben, dachte ich mir.

Als wir standen, versuchte ich den Spastiker zu beruhigen.

„Ist schon gut Mann. Brauchst keine Zustände mehr
zu kriegen. Ist nichts passiert. Wir haben riesig
Schwein gehabt."

„Mann, Du Vollidiot!" schrie er mich an. „So einen
Scheißautofahrer wie Dich hab ich ja noch nie gesehen. Hast Du überhaupt einen Führerschein?"

„Die Kiste hätte kein Mensch auf der Straße gehalten. Aber wenn Du so ein Ass und Superdriver bist,
kannst Du gerne das Steuer übernehmen und weiterfahren."

Sprotte schrie mich immer noch an.

„Weiterfahren? Du spinnst ja. Du hast uns voll in
die Scheiße geritten.

Wir hängen fest. Hier kommen wir nie mehr raus."

In der Beziehung hatte er Recht. Ich startete den
Motor und versuchte im Rückwärtsgang aus dem
Graben zu kommen.

Die Räder drehten im Schnee durch. Wir stiegen
aus.

Sprotte konnte sich überhaupt nicht mehr beruhigen. Der Kasper führte sich auf wie ein Rumpelstilz-
chen. Unsere momentane Situation schien ihm of-
fenbar schwer zu schaffen zu machen.

Mir wurde jetzt erst klar, in welch gefährlichen Lage wir uns befanden.

Die Piste war spiegelglatt. Wir hingen mit unserem Heck auf der Überholspur der Gegenseite.

Aber diese Seite machte mir weniger Sorgen. Da kam überhaupt kein Auto. Da wusste bestimmt jeder Fahrer Bescheid was für eine Eis-Piste das war.

Die Gefahr befürchtete ich von der anderen Seite. Die Autos, die über den Hügel geschossen kamen, hatten viel zu große Geschwindigkeit drauf.

Keiner von denen wusste, dass er sich plötzlich auf Glatteis befand. Die fuhren einfach nur eine bessere Kiste als ich und hatten bestimmt auch bessere Reifen. Aber irgendwann würde uns einer entgegen geschleudert kommen. Und wenn das ein Lastwagen oder gar so ein beknackter, bei Eis völlig unkontrollierbarer Sattelschlepper war, hatten wir hier überhaupt keine Zeit und Chance mehr in Deckung zu gehen.

Sprotte hatte sich noch immer nicht beruhigt. Der Kerl raufte sich die Haare, zappelte herum und machte schwere Verrenkungen.

Er faselte unablässig ein unzusammenhängendes Zeug und war in einem fort am fluchen.

Dauergenöhle.

Was ich aber deutlich verstand, war:

„Ich Blödmann! Wie kann ich nur bei so einem Scheißfahrer einsteigen. Der hat alles vermurkst. Ich hab ein Kilo Dope dabei. Das kann ich jetzt wegschmeißen."

Jetzt wurde ich laut: „Was, Du Penner! Du hast ein Kilo Haschisch dabei? Ich hau Dir gleich paar auf die Fresse. Ich hab Dich gefragt. Dir gehört eine reingewürgt. Du hast mir voll ins Gesicht gelogen."

Sprotte hob die Hände: „Alles easy, Mann! Was sollte ich machen. Du hättest mich sonst doch nicht mitgeholt."

„Das kostet Dich Strafe, dafür musst Du bluten. Ich will 10% von deinem Zeug abhaben."

„Wie bist Du denn drauf? Bist Du wahnsinnig? Das ist erstklassiger Libanese. Der war teuer."

„O.k. Sprotte. Du kannst dein Kilo auch gerne hier auf der Transitstrecke im Schnee vergraben und es irgendwann mal wieder abholen."

„Du tickst ja nicht richtig! Das meinst Du doch nicht im Ernst."

„Vollkommen Ernst, Sprotte! Außerdem finde ich es eine ganz schöne Sauerei von Dir, das Transportrisiko auf andere Leute zu schieben. Wenn wir erwischt werden, wirst Du Ratte garantiert erzählen, dass Du die Tasche mit dem Dope überhaupt nicht kennst. Du wirst anfangen zu jammern, Du wärst ja bloß der arme, ahnungslose Tramper und wirst versuchen mir die Sache reinzuschieben.

Ziemlich miese Tour. In einfachen Worten gesagt: Du bist ne Ratte."

„O.k.-o.k. Wenn wir wirklich hier wieder rauskommen und heil durch die Zone sind und kein Problem an den Grenzkontrollen haben, dann gebe ich dir 5% ab. Aber wir kommen hier eh nicht mehr aus dem Graben.

Wir sind erledigt."

Ich überlegte kurz.

Roter Libanese ist selten. Meistens ist es der letzte Dreck. Kein Mensch mag das Zeug. Ist so ähnlich wie beim Burgunder-Rotwein. Winzer, die was können sind selten. Und dann sind die Reben so empfindlich, dass bei einem schlechten Jahr mit nicht den besten Wetterbedingungen derselbe Winzer, der im Vorjahr einen Superstoff kreiert hat, eine totale Brühe anbietet. Sind alle Bedingungen optimal kann der Burgunder ein Spitzenwein sein.

So ungefähr verhält es sich mit dem roten Pot aus dem Libanon. Wenn er gut ist, zählt er zu dem Besten was es gibt. Allerdings kommt er selten in Europa auf den Markt. Ich hatte erst einmal in meinem Leben so eine Sahne in den Händen gehabt.

Also, was hatte Sprotte für einen Libanesen dabei? Spitzenstoff oder Plärre?

„Nun denn." sagte ich „Ich will erst mal sehen, ob dein Roter überhaupt was taugt. Wenn das Zeug, wie Du behauptest, wirklich guter Libanese und kein Schrott ist, bin ich mit 5% einverstanden.

Aber da Du mein Vertrauen verloren hast, Sprotte, will ich hier und jetzt meinen Anteil haben. Sonst springst Du mir hinter der Grenze aus dem Auto und bist weg."

Sprotte war einverstanden: „Na gut."

Ich holte meinen Klappspaten und mein Messer aus dem Auto.

Wir waren uns einig, besser auf die andere Straßenseite zu gehen, um das Stück abzuschneiden. Im Auto saßen wir in der Falle. Jederzeit konnte uns ein außer Kontrolle geratener Lastwagen wegbeamen.

Gerade jetzt aber kam aus Richtung von Berlin das erste Auto.

Beim Näherkommen erkannten wir die Vopos.

Ich winkte um den Polizeiwagen anzuhalten.

Sprotte hatte seinen kleinen Rucksack mit dem gefährlichen Inhalt in der Hand und fing gleich wieder an durchzudrehen.

„Bist Du jetzt vollkommen übergeschnappt, die Bullen anzuhalten?

Das muss jetzt aber nicht sein. Lass die bloß weiterfahren!"

Sie hielten an.

Der Fahrer kurbelte die Scheibe runter. Sie stiegen jedoch nicht aus.

Hoffentlich sind es keine Sachsen, dachte ich. Sächsische Volkspolizisten konnten mich einfach nicht leiden. Die Erfahrung hatte ich schon des Öfteren gemacht. Sobald die meinen rheinländischen Dialekt hörten, reagierten die aggressiv. Irgendwie fanden die meine Sprache respektlos und fühlten sich immer gleich verscheißert. Für sie war ich der Prototyp des arroganten und üblen „Wessis". Sachsen-Vopos hatten eine klare Meinung über mich und ich hatte eine klare Meinung von ihnen. Unser Verhältnis war das einer wahrhaft ganz natürlichen Feindschaft.

„Guten Abend." bemühte ich mich in gutem Deutsch zu sagen.

„Wir hatten einen Unfall und bräuchten Hilfe um da rauszukommen."

Wahrscheinlich hatte ich das „L" bei „Unfall" und besonders bei „Hilfe" zu lange gerollt. Fast wäre der

Vopo aus dem Auto gesprungen und auf mich los-
gegangen.

„Ist mir doch scheißegal!" schrie der Typ mich in
reinstem sächsisch an. „Glaubt Ihr denn, Ihr seid die
Einzigen?

Seht zu wie Ihr da selber rauskommt!"

Sie warfen mir noch einen hasserfüllten Blick zu
und dann fuhren die mies gelaunten Vopos von
dannen.

Es musste wirklich schlimm aussehen auf der gesamten Strecke, wenn die einfach weiterfuhren.

Normalerweise verpassten die einem mit Genuss
einen fetten Strafzettel. Wegen Gefährdung des öf-
fentlichen Verkehrs und Behinderung des Transit-
flusses. Und für die Bergung und Abschleppung
eines Fahrzeugs gab es auch immer gute Devisen.

Wir sahen ihre Rücklichter verschwinden und
machten uns an die Arbeit mein Piece abzuschneiden.

Durch den Schnee und den Mond, der mittlerweile
schien, hatten wir gute Sichtverhältnisse. Den Spaten nahmen wir als Unterlage, um das Stück zu teilen.

Das Dope roch wirklich gut.

Wir stritten eine Weile, wer den Schnitt machen sollte. Er war der Meinung, ich würde zu viel abschneiden wollen und ich meinte, er wolle zu wenig abschneiden.

Außerdem dachte ich kurz, *wer weiß wie durchgeknallt der Typ reagiert, wenn er mein Messer in der
Hand hatte.*

Aber wir brauchten uns beide. Wir standen ja beide auf dem Transitschein, den wir nachher beim Verlassen der DDR wieder abgeben mussten.

Und außerdem war ich im Vorteil. Ich hatte den Spaten. Den musste ich mit beiden Händen auf dem Eis festhalten, damit Sprotte das Piece zerteilen konnte.

Ich gab ihm also mein Messer.

Wenn der Stoff nichts taugte, würden wir das Zeug, ohne das Messer heißzumachen, nicht durchschneiden können.

Das Messer zerteilte den Blütenharz wie Butter.

Es war der seltene Rote, den ich mir erhofft hatte.

„Das sind höchstens dreißig Gramm," meinte ich.

Sprotte war anderer Meinung. "Das Zeug ist harzig und wiegt. Das sind mehr als fünfzig Gramm."

Egal wie, der Pot war sehr gute Qualität. Ich war zufrieden.

Aber jetzt mussten wir erst mal das Auto frei kriegen.

Große Hoffnungen da rauszukommen hatten wir allerdings nicht.

Trotzdem machten wir uns mit dem Klappspaten daran den Schnee unter der Kiste weg zu schaffen.

Wir wechselten uns ab. Während einer schaufelte, steckte der Andere seine Hände in die Wolle, um die Finger wieder aufzuwärmen.

Immer wenn wir einen Lkw über den Hügel kommen sahen, sprangen wir auf die andere Seite in Deckung. Springen ist allerdings der falsche Ausdruck. Man musste aufpassen auf der spiegelglatten Fahrbahn nicht wegzuschmieren.

Aus der Gegenrichtung von Berlin kam die ganze Zeit nur ein Lkw.

Zum Glück, wir hingen ja schließlich mit der Hälfte des Busses auf der Überholspur. Den einen Lkw hielten wir an, damit er uns aus dem Graben ziehen sollte. Der Fahrer sprang aus dem Cockpit, rutschte sofort auf dem Eis weg und saß auf seinem Arsch.

„Sack Zement!" war sein Spruch. „Ich wusste gar nicht wie glatt die Piste ist." Auf keinen Fall könne er uns da rausziehen. Er habe keine Ladung und ohne Gewicht würden die Räder durchdrehen. Er wäre froh, wenn er überhaupt noch mal von der Stelle käme.

Er stieg wieder ein und kam von der Stelle.

Er war weg und wir mussten weiter Schnee schaufeln.

Nach zwei Stunden waren wir soweit einen Versuch zu starten, aus dem Graben zu kommen. Aber die Räder drehten weiter durch. Ich opferte ein paar Wollknäuel und legte sie unter die Reifen. Auf die schlimmere Seite packte ich den Spaten noch mit drunter. Meinen Vorschlag, das so schön flache Kilo von dem Roten unter den Reifen zu packen lehnte Sprotte vehement ab. War auch nicht wirklich ernst gemeint von mir. Ich wollte einfach nur mal seinen Humor testen.

Aber in dieser Beziehung verstand Sprotte keinen Spaß.

„Stell Dich vorne auf die Stoßstange, halt Dich an den Scheibenwischern fest und wipp die Kiste so doll Du kannst!" war meine Ansage.

Sprotte hing bei mir an der Windschutzscheibe und gab sein Bestes.

Ich selber machte gute Kupplungsarbeit und ließ die Räder immer wieder ein bisschen greifen und dann wieder zurückrollen.

Wir groovten uns in einen gemeinsamen Rhythmus rein und brachten die Kiste richtig ins Tanzen. Dann ließ ich die Kupplung ganz kommen, die Räder griffen und ich gab Vollgas. Der Bulli machte einen Satz aus dem Graben und sprang auf die Straße. Ich musste gleich wieder voll bremsen, um nicht auf dem Eis zu viel Schwung drauf zu bekommen. Ich brachte den Wagen abrupt zum Stehen, so dass ich in falscher Fahrtrichtung auf der Überholspur stand. Durch den Schwung schleuderte ich meinen Mitfahrer von der Windschutzscheibe. Sprotte rutschte auf dem Bauch übers Eis bis an den Straßenrand in den Schnee.

Trotzdem stimmte er mit in meine Jubelschreie ein.

Kaum saß er im Wagen, da sprang er schon wieder raus.

Wir hatten ein neues Problem. Während den ganzen zwei Stunden war aus der Richtung von Berlin außer den Vopos und dem einen Lastwagen nicht ein Auto gekommen und genau jetzt kam da eine ganze Kolonne, ein Licht hinter dem anderen.

Für ein Wendemanöver auf dem Glatteis war es zu spät.

Am Ende würde ich hier querhängen und gleich zwei Spuren blockieren.

Ich war gerade zu dem geworden, was den absoluten Horror für jeden Autofahrer darstellte: Geisterfahrer auf der linken Spur!

Flüchten ging hier nicht. Ich musste die Ahnungslosen warnen.

Ich schaltete die Warnblinklampe ein und gab Dauerfeuer mit dem Fernlichthebel.

Sie fuhren alle auf der rechten Seite. Hoffentlich blieb das so.

Aber nein. Ein Idiot geht immer auf Reise.

Ein Pkw scherte aus und machte sich daran die Kolonne zu überholen.

Der hatte überhaupt nichts kapiert. Weder, dass da das Auto, was die Blinkzeichen gab, auf seiner Spur stand, noch auf welch einem spiegelglattem Untergrund er da fuhr.

Ich musste den Kerl weiter warnen, sonst knallte es gleich.

Ein Scheißgefühl im VW-Bus-Cockpit, hinter der Windschutzscheibe, bei der beruhigenden Knautschzone vor mir und dem damals noch nicht erfundenen Airbag.

Ich dachte der Vollhirni würde es wohl irgendwann kapieren und dann hoffentlich abbremsen. Aber dann bitte keine Vollbremsung!

Stattdessen gab der Wahnsinnige Gas.

Es wurde Zeit rauszuspringen.

Bis ich über den Schaltknüppel und aus der engen Kabine auf der Beifahrerseite zur Tür raus war, würde es zu spät sein.

Auf der Fahrerseite raus aufs Eis zu springen, wäre auch keine gute Idee.

Ich würde wahrscheinlich auf dem Eis nicht so schnell wegkommen oder sogar ausrutschen und dann von der gesamten Kolonne plattgewalzt werden. Manchmal sollte man nicht zu lange nachdenken.

Jetzt war es zu spät um auszusteigen.

Wir hatten beide unsere Entscheidung getroffen.

Ich blieb sitzen und mein Gegenüber gab noch mehr Gas.

Es sah jetzt so aus, als könnte er es schaffen. Aber wenn, dann würde es äußerst knapp werden. Vielleicht würde er mir beim Reinziehen bloß einen Streifschuss verpassen. Bei so einem Spurwechsel, wenn er zu ruckartig reinzog und bei dem Tempo auf dem Eis, musste er erst mal das Kunststück fertigbringen den Wagen unter Kontrolle zu halten.

Wahrscheinlich würde er mich mit seinem Heck erwischen.

Er schaffte es in die Lücke, die eigentlich gar keine mehr war.

Er flutschte zwischen dem Lastwagen, der die Kolonne anführte, und mir hinein, kam aber gleich in Schwierigkeiten. Er kam sofort ins Schlingern. Jetzt hatte er begriffen, dass er sich auf Glatteis befand.

Ich sah im Seitenspiegel wie es ihn hin und her riss, aber er schaffte es den Wagen unter Kontrolle zu bringen.

Fahren konnte der Typ jedenfalls. War ein echter Helldriver.

Ich musste erst mal tief durchatmen und stierte eine Zeit lang gerade aus.

Ich merkte gar nicht, dass die ganze Kolonne schon lange an mir vorbei war. Erst als Sprotte die Beifahrertür aufriss, wusste ich wieder in welchem Film ich war.

„Du hast ja Nerven" meinte er.

„Pack den Spaten ein! Vielleicht brauchen wir den nochmal und dann lass uns abhauen." war meine Antwort.

Wir wendeten, fuhren bei der nächsten Ausfahrt raus und dann wieder Richtung Berlin. Überall wo wir langkamen, lagen die Autos und Lastwagen im Graben oder auf der Wiese, mehr oder weniger schwer verunglückt. Am schlimmsten sahen die Sattelschlepper mit ihrem verdrehtem Knick aus und die Pkws, die auf dem Rücken lagen.

Alle Parkplätze waren absolut überfüllt. Keiner wollte mehr auf dieser Scheißstrecke weiterfahren. Ich hing voll konzentriert über dem Lenkrad und hielt ein absolut striktes Schneckentempo ein, so zwischen dreißig und vierzig km/h.

Wir wurden in der ganzen Nacht nur von fünf Autos überholt.

Die Deppen hatten ein Affentempo drauf. Vollkommen ahnungslos.

Wir sahen sie alle wieder. Keiner war auf der Strecke geblieben.

Teilweise schlimme Unfälle.

Morgens um kurz vor 6 Uhr kamen wir in Berlin an.

Die Westberliner Zollbeamten gratulierten uns.

„Alle Achtung! Ihr seid die Ersten, die heute Nacht durchgekommen sind."

„Man braucht halt für so eine Strecke einen guten Fahrer und ein gutes Auto, so ein echtes Pistenschwein wie einen VW-Bus." grinste ich zur Antwort.

Wir hatten es geschafft.

Als wir uns verabschiedeten, sah ich Sprotte zum ersten Mal entspannt.

Der Kerl lachte und meinte: „Nochmal würde ich bei Dir nicht mitfahren."

„Ich würde Dich erst gar nicht mitnehmen." konterte ich.

„Dir sollte eigentlich klar sein, dass ich der einzige Driver heute Nacht war, der Dich und dein Dope sicher nach Berlin bringen konnte."

Als ich mein Piece später wog, waren es bloß fünfunddreißig Gramm. Machte auch nichts. Es war erste Sahne.

Micky und ich würden gut durch den Winter kommen.

Außerdem hatte ich heute Nacht in mehrfacher Hinsicht Riesenschwein gehabt. Das stand wohl mal fest.

Micky meinte allerdings, in der Auswahl meiner Anhalter wäre ich nicht kritisch genug. Da sollte ich demnächst doch mal genauer hinschauen.

10. Bulli II - Abschleppdienst

Die nächste Tour, um Wollnachschub zu holen, fuhr Micky.

Der Winter war dieses Jahr hart. Überall lag Schnee.

Gut fürs Wollgeschäft aber schlecht für Touren mit dem VW-Bus.

Micky befand sich auf dem Rückweg.

Auf der Transitstraße durch die Zone war die Piste verschneit und die Schneedecke festgefahren. Vier junge Leute waren auf der Strecke liegen geblieben. Der Motor ihres Pkws hatte den Geist aufgegeben. Micky erklärte sich bereit sie bis Berlin abzuschleppen.

Einer der Vier saß bei Micky im Bus. Die anderen hingen am Abschleppseil.

Sie wussten nicht mit wem sie sich da eingelassen hatten.

Während alle Autofahrer sich den Witterungs- und Pistenverhältnissen anpassten und die meisten von ihnen auf der rechten Spur fuhren, gab Micky auf der Überholspur Gas.

100 km/h waren schließlich auf DDR-Autobahnen erlaubt.

Zwischen dem Gespann war keine Kommunikation, kein Funkkontakt. Es gab noch keine Handys.

Für die drei Jungs, die im Schlepptau hingen, war das schwer zu verkraften. In ihrem Auto machte sich totale Panik breit.

Eine Zeit lang aber, ging alles gut.

Das Tandem jagte über die Schneepiste, zur Verwunderung aller, die von ihm überholt wurden.

„Irgendwie mussten die, da hinten drin, einen Fahrfehler gemacht haben." meinte Micky. „Haben rumgezappelt."

Das Gespann fing an zu tanzen. Der Bus geriet von der Fahrbahn, rutschte einen Abhang hinunter und kam auf einem Feld im Schnee zum stehen.

Der Pkw hing immer noch am Seil. Er steckte auf halber Höhe am Abhang fest. Alle waren unverletzt.

Alle, außer Micky, standen ziemlich unter Schock. So hatten sie sich ihre Tour nicht vorgestellt.

Micky organisierte dann die Bergung. Er musste zwei Lkws anhalten, die ihn da rauszogen. Einer alleine schaffte es nicht.

Der Bulli war o.k.

Ohne jeglichen Schaden. Es konnte also weitergehen.

Die noch immer völlig verstörten Jungs flehten Micky an, diesmal bitte langsamer zu fahren.

Ihnen war mittlerweile klar geworden: Nicht immer ist die erste Hilfe auch die beste. Kritik konnte Micky noch nie gut vertragen. „Da hilft man denen und dann werden die noch pampig.

- >Also Alles easy, Leute! Oder wie jetzt?<"

Fünf Minuten lang hielt sich Micky ernsthaft an das Versprechen, vorsichtiger zu fahren.

Dann fing ihm die stumpfsinnige Reisegeschwindigkeit auf der rechten Spur an auf das Gemüt zu schlagen. Das Gefühl, er habe eh schon eine Menge Zeit verloren, wurde immer stärker. Und außerdem, langsam kann ja jeder. Von seinem Temperament her liegt es Micky sowieso eher, auf die Tube zu drücken. Bald hatten sie das gleiche Affentempo wie vorher drauf. Und Affentempo hieß auch wieder linke Spur.

„Sie schienen diesmal ganz gut mitzufahren, hatten den Dreh raus." war Mickys Meinung.

Während Micky über die Piste hechtete, unterhielt er sich die ganze Zeit angeregt mit seinem Beifahrer. Es ging um Politik, Musik und Frauen. Das Übliche halt. Gespräche verkürzen die Reise. Zuletzt war es die Philosophie. Es wurde sehr philosophisch. Sie waren gerade richtig auf Touren gekommen, sowohl was die Geschwindigkeit als auch die Unterhaltung betraf. Bis Berlin war es nicht mehr so weit.

Die Atmosphäre war bestens und die Tour hätte ewig so weitergehen können, da hörte Micky hinter sich Polizeisirenen. So was konnte einem die Stimmung vermiesen.

Wieso denn jetzt und überhaupt.....?

Er wechselte die Spur um sie vorbei zu lassen und drosselte sicherheitshalber mal die Geschwindigkeit.

Die Vopos tauchten neben ihm auf und hielten das Tempo. Das war kein gutes Zeichen.

Der Vopo auf dem Beifahrersitz kurbelte sein Fenster runter und bedeutete Micky anzuhalten. Was ist denn jetzt los? dachte Micky.

Micky öffnete gleichfalls sein Fenster und begann eine Unterhaltung.

„Fahren Sie sofort rechts ran!" schrien die Vopos im Duett.

Das gefiel Micky gar nicht. So war das eigentlich nicht vorgesehen.

Micky gestikulierte: „ Von wegen! Geht's noch? Wat soll dat denn? Ich will Ihnen ja nicht schmeicheln. Ihr Uniformierten seid natürlich der Boss, erst recht in eurer Zone. Aber einfach anhalten? Da kann ich nicht drauf eingehen. Bei der Schneepiste? Ich kann hier doch keine Vollbremsung machen. Ich hab da hinten einen dranhängen."

Die Reaktion der Volkspolizisten war seltsam.

Sie grölten und kringelten sich vor Lachen.

„Wo denn?" lachten sie. „Wo haben sie da einen dranhängen? Außer einem Abschleppseil hängt da gar nichts mehr."

Wie sich herausstellte hatte Micky die drei Kameraden schon vor sechzig Kilometern verloren und nichts davon gemerkt. Sie saßen in ihrem kaputten Pkw und hatten weder Pässe noch Passierscheine. Die hatte alle ihr Freund in der Tasche, der bei Micky im Bus saß.

Die Vopos mussten auf dieser Schneepiste Kopf und Kragen riskiert haben, um Micky bei seinem Tempo noch einzuholen.

Ich hätte was drum gegeben, die Beamten der Volkspolizei mal lachen zu sehen. Bei mir taten sie das nie.

11. Bulli III - Istanbul

Ende Februar hatten wir fast alle Wolle verkauft.
Nur von den beiden schrecklichsten Farben war noch ein Restposten übrig. Ein gift-grün und ein senf-gelb. Wir befreiten uns davon und gaben alles komplett weit unter dem Einkaufspreis an einen Kollegen ab.
Jetzt im Frühjahr stand uns der Sinn nach neuen Geschäften.
Warum nicht mal in die Türkei fahren?
Wir waren doch mittlerweile gute Autofahrer.
Der Bulli hatte im Winter seine Tauglichkeit und Zuverlässigkeit unter Beweis gestellt. Die Pistensau würde uns sicher in die Türkei und wieder zurück bringen.
Wir machten noch einen Ölwechsel und ich schraubte noch ein paar neue Zündkerzen rein. Dann ging es los.
Wir hatten ein gutes Gefühl, so ein Gefühl, dass es etwas Wichtiges ist, was jetzt kommt. Etwas Bedeutendes, das unserem Leben einen Schub gibt.
Wir waren gerade ganz behaglich durch die Alpen durch, irgendwo hinter Ljubljana, da tat es einen Schlag hinten im Heck. Der Motor jaulte und trompetete.
Das klang jedenfalls überhaupt nicht gut.
War die Maschine gefrekkt? War unsere Reise hier schon zu Ende?

Wir stellten fest, dass eine Zündkerze rausgeflogen war.

Meine Schrauberei hatte nichts getaugt. Ich fand heraus, beim Wechseln hatte ich eine Kerze schief reingedreht und das Gewinde kaputtgemacht. Zweimal schafften wir es, sie nochmal reinzuschrauben. Aber es hielt nie lange. Wir mussten in eine Werkstatt.

Mit knatterndem Motor und offenen Fenstern, wegen der Abgase, die in den Innenraum geblasen wurden, schafften wir es bis Zagreb. Wir waren in einer riesigen Werkstatt im Außenbezirk gelandet. Sie reparierten hauptsächlich Lastwagen und Busse. Sie bauten den Motor aus, schnitten ein neues Gewinde hinein und bauten den Motor wieder ein. Nach drei Stunden war die Kiste wieder fahrbereit. Wir befürchteten das Schlimmste was die Rechnung betraf. Sie war in Dinar ausgestellt. Der Dinar hatte damals im alten Jugoslawien einen inflationären Wechselkurs.

Auf der Rechnung stand eine gigantische Zahl mit unglaublich vielen Nullen. Irgendwas mit Millionen. Wir rechneten um und kamen auf fünftausend Mark.

„Was? Die Verbrecher! Was für eine Abzocke! Diese Schweine!"

Das konnten wir uns auf keinen Fall gefallen lassen. Die Bagage hielt uns wohl für Schwachköpfe.

Wir rechneten nochmals durch und kamen dann auf eine Null weniger, also fünfhundert Mark.

Das hörte sich schon besser an, war aber immer noch happig, sehr happig.

„Diese miesen Jugos."
Wir hatten höchstens mit der Hälfte gerechnet.
Dann entdeckte Micky, dass vor den letzten beiden Nullen ein Punkt war. „Was? Super, bloß fünfzig Mark.
Ne, hoppla bloß 5 Mark."
Das konnte ja gar nicht wahr sein.
„Die haben sich bestimmt vertan."
„Hoch leben die Kroaten."
„Lass uns bloß schnell bezahlen und abhauen."

Dann das erste Mal in Istanbul.
Wie völlig anders war diese neue Welt.
Im „Kapali Carsi", in dem riesigen alten Basar, gefielen uns die bunten Farben und das Glitzern und Funkeln des Silbers, Goldes und sonstigem Geschmeide. Wir kamen in einen Kaufrausch. Wir kauften alten Silberschmuck, alten Korallenschmuck, alte Teppiche und alte Kelims.
Die Idee wurde hier geboren und unser Entschluss stand fest: Ab jetzt waren wir Teppichhändler.
Komischerweise hatte mir mein Onkel Ferdi genau dies prophezeit. Als ich vierzehn war, war er der Meinung aus mir werde sicherlich nichts Anständiges werden und ich werde wohl unter die Teppichhändler gehen. Nun war es tatsächlich eingetroffen.
Und dann war da noch was, was mir an der Türkei gefiel. Die türkischen Frauen, ob jung oder schon reifer, machten mir schöne Augen. Während Micky Chancen bei Blondinen und Rothaarigen hatte, waren es bei mir die Orientalinnen.

Micky machte sich Sorgen: „Mann Alfons! Bau hier bloß keinen Mist!"

„Wie meinst Du denn das?"

„Du guckst hier die Frauen zu lange an und die glotzen zurück. Das kriegt doch jeder mit."

„Die machen mich an und nicht ich die."

„Ich kenn Dich. Wenn da eine Dir noch mehr Hoffnungen macht, dann gehst Du der an die Wäsche."

„Auf jeden Fall würde ich der dann an die Wäsche gehen."

„Nee Hecht, ich kenn Dich. Du würdest da mitgehen und dem Weib an die Wäsche gehen."

„Ja sag ich doch. Da gehe ich mit und würde dem bemerkenswerten Weib an die Wäsche gehen."

„Hör mir zu, Mann! Die haben entweder Ehemänner oder Brüder, Väter, Onkel und sonstige Verwandte, alle mit wenig Humor ausgestattet. Jedenfalls in dieser Hinsicht."

„Ach Quatsch! Wo hast Du denn solche Zitate gehört oder gelesen. Das sind doch nur Gerüchte und Hypothesen. Man sollte doch nicht immer so voreingenommen sein. Immer schön locker an die Sache rangehen."

„Du hast ja keine Ahnung. Die ziehen hier gleich das Messer. Wenn Du an deren Weiber gehst, ob Frauen, Töchter oder Schwestern, dann reagieren die so. Das ist bei denen zwanghaft. Das wird von den Männern erwartet. Von der Familie, den Verwandten und den Nachbarn. So ne Art Gemeinschaftszwang oder Kulturzwang."

„Ich lass mich von deren Kulturzwang doch nicht abschrecken. Die Frauen lieben mich hier."

„Jetzt hör auf mit solchen Sprüchen. Du bringst ja mit deinem Verhalten nicht nur Dich in Gefahr, sondern auch mich. Die ziehen auch mich aus dem Verkehr. Wegen Komplizenschaft und so. Lass uns aufs Geschäft konzentrieren. Beute machen und so. Das ist doch auch was."

„O. K. Micky. Ich will Dich ja auf keinen Fall verlieren. Wegen Komplizenschaft. Ich werde mir's verkneifen, die schönen Blumen nicht pflücken. Obwohl, so was schmerzt und es ist sehr wahrscheinlich, dass dies auch seelische Schäden bei mir hinterlassen könnte. Da helfen nur sehr gute Geschäfte!"

Wir, Micky und ich, brachten alle beide eine natürliche Begabung für den Teppich- und Kelimhandel mit. Von Beginn an zogen wir uns Top-Teile. Wir wussten von Anfang an, was gute Wollqualität ist und hatten ein gutes Gefühl für echte, alte Farben.

Nachdem wir Super-Beute gemacht hatten, nahmen wir uns dann vor, noch ein bisschen weiter in die Türkei reinzufahren, um zu sehen wie es hinter Istanbul aussah.

Damals 1980 hatte das Militär geputscht. Überall an allen wichtigen Straßenkreuzungen sah man Militär. Es war eine allgemein bedrückende Stimmung.

Wir waren jetzt aus Istanbul raus und atmeten auf, als der Verkehr wieder normal floss. Micky saß am Steuer. Ich studierte die Landkarte und wir diskutierten über die Route, die wir nehmen wollten. Wir fuhren ganz entspannt, mit ungefähr 80 km/h Tempo waren wir am dahingleiten. Micky zog hinter einem Lkw, der die Fahrt verlangsamte, raus und da war der Alptraum auch schon passiert.

Ohne jede Vorwarnung bretterten wir mit 80 Sachen durch eine Militärkontrollsperre.

Es gab einen Riesenschlag. Die rot-weißen Balken, Holzbarrieren und Umleitungsschilder flogen in alle Richtungen.

Der ganze Verkehr wurde an dieser Stelle von der Straße nach rechts auf einen Rastplatz umgeleitet, für eine Superkontrolle des Militärs. Überall Soldaten und Militärfahrzeuge.

Wir waren genauso überrascht wie die Soldaten, was da gerade passiert war. Aber es war keine Zeit ins Staunen zu geraten und zu verharren.

Micky hatte nur kurz geschockt den Fuß vom Gas genommen, aber als ich durchs Seitenfenster schaute und schrie:

„Micky gib Gas!" trat er sofort wieder voll durch.

Ich sah eine ganze Truppe Uniformierter, wie sie mit ihren Helmen und Stiefeln von der Seite über den Platz auf uns zu gerannt kamen.

Bei so einer Sache verstanden die keinen Spaß.

Im Laufen zogen sie ihre Maschinenpistolen von den Schultern und kurz darauf hörten wir es knattern. Micky hatte gut reagiert und wir hatten gut Schwung drauf.

Und wahrscheinlich rotzten sie uns die Geschosse nur aus der Hüfte hinterher. Es gab nicht einen Treffer. Ein Scharfschütze hätte uns sicherlich noch erwischt.

Micky konnte es überhaupt nicht begreifen: „Ich glaub ich hab ne Militärstraßensperre durchbrochen."

„Merkst De wat?"

„Mann, haben die gerade auf uns geschossen? Nee, oder?"

„Allerdings! Auf wen sollen die denn sonst geschossen haben? Außer uns fährt hier keiner. Die wollten bestimmt keine Vögel vom Himmel runterholen."

„Sieht so aus, als hätten wir ein Problem. Wie konnte das passieren? Was für ein Alptraum ist das denn?"

Die Gefahr getroffen zu werden war erst einmal überstanden.

Jetzt hieß es Gas geben. Die würden uns bestimmt hinterherjagen.

Die Jeeps waren wahrscheinlich nicht schneller als unser Bully. Aber die hatten bestimmt auch ein Spezialfahrzeug für solche Fälle, wie wir gerade unabsichtlich geworden waren.

„Na, wer bringt jetzt wen wegen Komplizenschaft in Schwierigkeiten?" Den Spruch musste ich jetzt doch mal anbringen.

Zum Glück ging es im Moment bergab. Und zwar eine lange Strecke.

Und dann unten durch eine Senke leider auf der anderen Seite wieder genau so berghoch.

Irgendwie übertrug sich unsere Panik auf unsern Bulli.

Als wüsste er, es ging jetzt um Alles. Wir bekamen bergab ein Höllentempo drauf. Die Tachonadel war voll auf Anschlag. Der Motor heulte und jaulte. Da konnte einem Angst und Bange werden. Aber wir waren sowieso in einen Zustand voller Stress und Bangigkeit. Da konnte uns der Gedanke, dass gleich wieder die Zündkerze rausfliegen würde oder uns sonstige Schrauben und Dichtungen um die Ohren fliegen, nicht wirklich schrecken. Dann müssten wir halt zu Fuß weiter flüchten.

Wir tätschelten beide das Armaturenbrett und die Front-Ablage. Wir lobten und priesen unser Auto für seine Höchstleistungen.

Jetzt ging es berghoch und in den Hang mussten wir mit viel Schwung hineinkommen. Denn am Berg faulte die Kiste immer ab.

Aber was war das denn?

Statt schlapp zu machen, zeigte der Bulli einen unglaublichen Sportsgeist und sprintete den Berg hoch, kaum merklich das Tempo nachlassend.

Mir kam der Gedanke in den Sinn:

Haben Autos eine Seele?

Diese Kiste scheinbar, ja.

Der Bulli streckte die Stirn nach vorne und legte die Ohren an, den Horizont am Scheitelpunkt des Hügels fest im Blick. Oben angekommen, würde er bestimmt gleich abheben und wie eine Rakete in den Himmel schießen, oder zumindest eine Zeitlang durch die Luft fliegen. Eine Comiczeichnung könnte die Situation am besten ausdrücken. Aber wir waren hier in keinem Comicfilm. Dieser Film war echt.

Direkt hinter dem Hügel gab es eine langgezogene Ausfahrt.

Der Bulli, Micky und ich hatten blitzartig denselben Gedanken.

Wir entschieden uns abrupt: Hier raus!

Wir mussten von der Hauptstrecke runter.

Vielleicht brachten die ja einen Hubschrauber zum Einsatz, der uns hinterher machte.

Der Wagen hatte so ein Wahnsinnstempo drauf, dass es uns in der Ausfahrt fast aus der Bahn gehauen hätte.

Wir rasten viel zu schnell in das nächste Dorf hinein. Hier war keine asphaltierte Straße mehr. Der Bulli machte in einer Seitengasse eine Vollbremsung. Dadurch wirbelten wir eine riesige Staubwolke auf. Die missbilligenden Blicke der Dorfbevölkerung zeigten uns, dass solch eine aggressive Fahrweise, und dann auch noch von nie gesehenen Ausländern, hier nicht so gerne toleriert wurde.

Wir gingen dann in das einzige Teehaus des Ortes, um erst mal die Nerven zu beruhigen und nachzudenken wie es weitergehen sollte.

Unsere Herzen schlugen uns bis unter die Schädeldecke und unsere Augen leuchteten vor Aufregung. Das Teehaus war voller alter Männer. Alle Köpfe fuhren herum, als wir zur Tür herein kamen und glotzten uns an.

In ihren scheelen Blicken war zu lesen:

Wieder so zwei mit Drogen vollgepumpte, ungläubige junge Leute aus Europa.

Wir setzten uns und bestellten ganz artig zwei Tee.

Allaha sükür! Gott sei Dank!

Jetzt erst mal ruhig atmen und den Puls beruhigen.

Und was nun?

Eins war klar. Bloß keine türkische Untersuchungshaft in einer stinkenden, Kakerlaken verseuchten Sammelzelle mit fünfundzwanzig Insassen und nur einem einzigen Loch im Boden, wo alle rein schissen. Wahrscheinlich wurde in so ein verschmiertes, altes Scheißloch schon seit Jahrhunderten reingekackt und der ganze Laden roch total nach antiker Seldschuken-Scheiße.

Und wer weiß, wie ein Militärgericht unsere Freveltat eingeschätzt hätte. Als einfaches Verkehrsdelikt wäre es sicherlich nicht durchgegangen. Wir hätten wochenlang, oder länger, Striche an die Wand kritzeln müssen, bis wir endlich einen Anwalt gesehen hätten.

Hier saßen wir erst mal sicher. Lass die Verfolger ruhig weiterrasen.

Wir analysierten die Lage und kamen überein, dass der auffällige orangene VW-Bus eine andere Farbe bekommen musste. Vielleicht hatten sie gar nicht unser Kennzeichen. Der ganze Wahnsinn hatte sich ja in einem irren Tempo abgespielt.

Ab jetzt hatte unser Auto einen neuen Namen. Wir nannten den Bulli nur noch respektvoll „Büffel".

Wir fuhren dann auf einer schmalen Landstraße weiter, bis wir in eine Kleinstadt kamen. Dort fanden wir eine Werkstatt, die uns den „Büffel" umspritzen konnte. Sie hatten nur ein Rot und ein Blau zur Auswahl.

Wir entschieden uns für das unauffälligere Blau.

Dann wollten wir möglichst schnell wieder die Türkei verlassen.

Dazu müssten wir jedoch wieder durch das Nadelöhr von Istanbul, bzw. die normalerweise einzige Möglichkeit, über die Bosporus-Brücke.

Wir wählten einen anderen Weg. Südlich von Istanbul wollten wir eine Fähre über den Bosporus nehmen. Es war Abend als wir an der Küste ankamen. Wir aßen leckere in Olivenöl gebratene Sardinen und tranken Weißwein. Ohne groß aufzufallen. Am nächsten Morgen nahmen wir eine frühe Fähre.

Die Sonne ging in unserem Rücken auf und wünschte uns viel Glück.

Als wir wieder europäisches Land unter unseren Füßen hatten, wurden wir wieder mutiger. Statt von der Türkei kuriert zu sein und abzuzischen, juckte es uns, unser restliches Geld noch platt zu machen. Der alte Bazar hatte es uns angetan. Jagdlüstern wie wir waren, riskierten wir es, mit der neuen Tarnfarbe unseres Busses, Istanbul nochmals einen Besuch abzustatten.

Es ging alles glatt.

Bei der Ausreise wurde es dann an der Grenze noch mal spannend. Aber sie hatten uns nicht auf der Fahndungsliste. Der „Büffel" war einfach zu schnell fürs menschliche Auge gewesen.

Als es Nacht wurde, fuhren wir irgendwo in Nordgriechenland runter zum Meer. Wir parkten den „Büffel" am Strand und übernachteten dort.

Am nächsten Morgen stellten wir fest: Wir waren in einem ausgetrockneten Flussbett in der Nähe des Meeres gestrandet. Idiotischerweise an einer total versandeten Stelle, von der wir überhaupt nicht mehr fortkamen.

Die Räder drehten durch und gruben sich immer tiefer ein.

Wir schaufelten Sand, legten alle möglichen Klamotten unter die Reifen, aber es nutzte nichts. Im Gegenteil, es wurde immer schlimmer. Die Kiste verschwand mehr und mehr immer tiefer im Sand.

Wir hingen richtig tief drin und es bestand nicht die geringste Aussicht, da wieder rauszukommen.

„Scheiße!" bemerkte Micky knapp und bekräftigte seinen Spruch mit einem Furz.

Trefflicher hätte ich es auch nicht sagen können.

„Verdammt wahr, Mann!"

Weit und breit war kein Mensch zu sehen. Totale Einöde mit viel Panorama. Wir waren drauf und dran schwermütig zu werden.

Die Geschäfte, jedenfalls der Einkauf war gut gelaufen. Aber wohin hatte uns das geführt?

Sollte hier alles enden? Der treue „Büffel" samt unserer ganzen Beute im Treibsand verschwinden?

Bitter! Wirklich bitter!

Einer musste beim „Büffel" bleiben und der Andere musste sich zu Fuß auf die Socken machen, um einen Traktor oder Lkw zu finden, der uns da rauszog. Irgendwo da draußen musste es doch Hilfe geben.

Aber wo? Und woher? Und wo waren wir überhaupt?

Keiner von uns wollte derjenige sein, der den Fußmarsch ins Nirgendwo antreten müsste. Also hieß es: Losentscheid!

Plötzlich tauchte aus dem Nichts eine riesige, schwarze Monsterkiste auf. Ein Geländewagen mit Vierradantrieb.

Der Kerl, der dann ausstieg, war uns vom ersten Moment an unheimlich.

Er redete kein Wort, war aber sehr zielstrebig.

Er wusste, wo der Schuh drückte.

Er hängte den „Büffel" an ein Abschleppseil und zog ihn raus auf festen Untergrund.

Als er sein Abschleppseil wieder einsammelte und verstaute, versuchten wir mit ihm zu reden. Wir bedankten uns bei ihm und wollten uns mit etwas Geld erkenntlich zeigen. Aber das seltsame Wesen stieg ohne ein Wort zu sagen in sein Auto und war genauso schnell verschwunden, wie es aufgetaucht war. Er hinterließ auf dem Platz einen durchdringenden Schwefelgeruch, der uns noch lange in der Nase hing.

Das war wieder so ein Moment, wo es schwierig war zwischen Realität und surrealem Wahnsinn zu unterscheiden. Das Ganze kam uns sehr seltsam und unwirklich vor.

„Ich glaube nicht, dass das ein Mensch war. Was denkst Du Micky?"

„Glaube ich auch nicht. Hast Du seine Augen gesehen? Dieser fiebrig funkelnde Blick? Der kam aus dem Hades.

Allem Anschein nach mimt der Teufel manchmal auch den Schutzengel."

„Na dann hoffe ich nur, er schickt uns für seine Hilfe nicht eines Tages eine Rechnung."

Es war auf jeden Fall eine sehr gute Entscheidung gewesen, Teppiche und Kelims zu kaufen. In den nächsten acht Jahren sollten wir beide noch oft in die Türkei zurückkehren und eine Menge geknüpfter und gewebter Ware nach Deutschland importieren. In den 80ziger Jahren waren Teppiche und Kelims in Europa total gefragt und wir konnten eine Zeit lang gut davon leben.

Ende der achtziger Jahre ging der Teppichhandel rapide bergab und immer weiter den Bach runter. Konnte sich die Welt innerhalb so kurzer Zeit verändern? Ja, sie konnte.

Anfang der 90ziger Jahre war dann schlagartig Schluss. Kein Mensch wollte mehr einen Teppich sehen.

Wir selbst konnten allerdings auch keine mehr sehen.

Und VW-Bus fuhren wir schon lange nicht mehr.

12. Dora

Wir hatten einen Gewaltritt hinter uns.

Zwei Tage durchgefahren. Harte Kilometer.

Von der Türkei bis München. Micky und ich hatten uns als Chauffeur abgewechselt und wenn nichts mehr ging, gab es Kaffee mit Cognac.

In München wollten wir erst mal eine Pause einlegen.

Wir kamen bei Trude Killinger unter.

Die Killinger war eine alte Freundin von uns, aus westerwälder-Zeiten. Sie sah ganz brauchbar aus. Passend zu ihrem Vornamen Trude hatte die Killinger ein Paar hervorragende stramme Schenkel. Sie war in unserem früheren Landkommunenleben oft bei uns zu Besuch gewesen. Aber irgendwie hatte niemand von uns es geschafft sie ins Bett zu kriegen. Micky hatte sich damals noch am meisten Hoffnung machen können. Trude war so etwas wie seine einstmals künftige, verflossene Freundin, oder was auch immer.

Trude Killinger studierte mittlerweile in München Architektur. Sie hatte eine große Wohnung. Bei ihr würden wir uns zwei Tage ausruhen.

Für den Abend wollten wir gemeinsam essen gehen und ein bisschen durch die Musikkneipen ziehen. Trude hatte extra ihre beste Freundin angerufen. Sie solle die beiden interessanten Typen nicht verpassen, die gerade bei ihr zu Besuch waren.

Wir waren also für den Abend verabredet.

Trude hatte tagsüber noch ihr Programm, was uns auch recht war. Wunderbar! Alles bestens!

Wir hatten beide durch unsere längere Orientreise einen übermäßigen Samenstau. Wir freuten uns also auf den Abend.

Uns zog es erst einmal in einen Biergarten. Nach unserer Türkeitour gelüstete es uns auf den ersten guten deutschen Gerstensaft seit langem.

Wir landeten auf dem Marienplatz. Dort wurde man an den Tischen bedient. Es gab ein ganzes Maß. Wer wollte, konnte sich aber auch sein Bier am Ausschank selber holen. Dort gab es jedoch nur halbe Maß.

Bedient zu werden dauerte Micky einfach zu lange.

Wir stellten uns in die Warteschlange zur Ausschankbude an.

Micky lief, in Vorfreude auf das kühle Nass, das Wasser im Munde zusammen.

Endlich waren wir an der Reihe. Micky stand vor mir, bestellte zwei Halbe und bezahlte. Der Zapfer stellte ihm unsere beiden Biere hin.

Micky war enttäuscht von der Menge an Flüssigkeit, die da im Glas war. „Heißen die bei Euch Halbe, weil die Gläser nur halb voll sind?" war Mickys Frage an den Zapfer.

Der Angesprochene nahm die Bierkrüge gleich wieder in seine Hände und sagte zu Micky: „Du kriegst gleich gar kein Bier."

Micky wurde sauer und meinte: „Als Ausländer muss man bei Euch ja noch einiges dazulernen."

Damit wollte er sagen: Als Nicht-Bayer müsse man in Bayern noch einiges kapieren lernen.

Der Zapfer war Jugoslawe, wahrscheinlich Serbe.

Er hatte wohl was falsch verstanden und fühlte sich als Ausländer beschimpft. Er stellte die Biere beiseite und warf Micky das Geld wieder hin.

Erst zu wenig Bier und jetzt gar kein Bier. Das war zu viel für Micky.

Ich konnte von hinten sehen wie seine Halsschlagader anschwoll und sein Gesicht sich rot verfärbte.

Er begann den Serben wüst zu beschimpfen und zu beleidigen und forderte das Bier zurück, das er schon fast in der Hand gehabt hatte. Der Serbe fing seinerseits an zu schreien, Micky solle endlich verschwinden.

Ich sah, dass sich da etwas zusammenbraute. Es roch nach Ärger.

Durch das Gebrüll angelockt, kamen von links und rechts die Kellner herbei. Sie sahen alle verdammt gefährlich aus in ihrem Kellner-Outfit.

Sie trugen knappe Lederschürzen und äußerst knappe T-Shirts.

Die T-Shirts schienen vor lauter Muskeln aus den Nähten zu platzen.

Die Muskeln hatten sie bestimmt nicht nur vom Maßstemmen. Die Kerle waren im Fitness-Studio zu Hause. Sahen ziemlich rabiat aus.

Micky hatte von der Zusammenrottung der Fitnesskellner noch überhaupt nichts mitbekommen. Ich klopfte ihm immer wieder auf die Schulter und wollte ihn beruhigen.

„Lass uns hier abhauen!"

Micky war überhaupt nicht zu beruhigen. Er hörte mich gar nicht.

Außerdem hatte er vollkommen vergessen, dass zur Zeit sein rechtes Knie lädiert war. Bevor wir in die Türkei fuhren, hatten wir noch Freunde auf der Insel Thassos in Nordgriechenland getroffen. Dort blieben wir eine Woche. Micky hatte hier eine schrecklich scharfe Belgierin kennengelernt.

Fast hätte er sich verknallt in sie. Es war eine Woche intensiver Zweisamkeit. Die heiße Merowinger Braut war aber nur auf Sex aus. Die ganze Woche über musste er es ihr besorgen. Er duppte sie andauernd, am Tag und in der Nacht. Von den Beiden war die ganze Zeit nur brünstiges Gestöhne und Gelalle zu hören. Bei irgendeinem akrobatischem Geschlechtsakt hatte er sich dann den Meniskus rausgehauen. Das Knie war zwar mittlerweile nicht mehr geschwollen, aber er hinkte immer noch. Die Treppen hoch und runter musste ich ihn weiterhin noch stützen.

Keine gute Ausgangsposition um eine Keilerei anzufangen.

„Komm endlich aus deiner Bude raus!" hörte ich Micky brüllen.

Der Maß-Zapfer fühlte sich mit seiner Kellner-Meute jetzt stark genug.

Er verlies die Bretterbude durch die Hintertür und kam nach vorne gerannt. Micky humpelte ihm entgegen. Sie trafen sich in der Mitte.

Ich lief neben Micky her, immer noch versuchend ihn aufzuhalten.

Auf solche Kandidaten, wie wir, hatten diese Kerle bloß gewartet. Genau dafür hatten die immerzu trainiert.

Kaum standen wir vor dem Serben, hatte uns dieser schon mit einer Armbewegung beide geohrfeigt. Erst Micky mit der Vorhand und dann mich mit der Rückhand.

Heutzutage wäre man in solch einer Situation, angesichts der Überzahl an Bodybuildern, cooler und würde besonnener reagieren.

Man würde sagen: „Mein Herr, das finde ich jetzt nicht nett von Ihnen, dass sie mich geohrfeigt haben. Ich bin hier nur dabei, um Schlimmeres zu verhindern. Lasst uns alle wieder runterkommen und eine Lösung finden!"

Aber nein.

Wenn man jung ist kommt auf eine Aktion eine reflexartige Reaktion.

Meine Rechte schoss raus in Richtung Kinn des Serben.

Ich hätte sicherlich einen sauberen Schlag gelandet, wenn nicht zuvor schon von links ein Treffer an meiner Schläfe eingeschlagen wäre. Es war einer dieser fitten Kellner. Er setzte mir sofort nach und landete noch zwei Treffer.

Bis jetzt war ich im Rückwärtsgang.

Die zwei Tage Autofahrt ohne richtigen Schlaf hingen mir noch in den Knochen.

Wurde Zeit, dass ich mich sortierte.

Der fiese Kellner war zwar einen Kopf kleiner als ich, aber fast doppelt so breit.

Jetzt war ich hellwach. Von den nächsten fünf Schlägen konnte mein Gegner nur einen ins Ziel bringen. Drei Schlägen wich ich aus, einen blockte ich ab und konnte dann selber zwei gute Treffer landen, und nicht zu knapp.

Hinter meinen Schlägen steckte genug Dampf um mir ein bisschen Respekt zu verschaffen.

Der Typ entschied sich daher in den Ringkampf überzugehen. Er tauchte seinerseits unter einer meiner Geraden weg und war dann an mir dran.

Der Kerl umklammerte meinen Brustkorb mit beiden Armen und hob mich hoch. Dann versuchte er mich nach hinten durchzubiegen und mir das Rückgrat zu brechen.

Shit! Hier ging es um Leben und Tod.

Ich gab ihm mit beiden Händen gleichzeitig eins auf die Ohren, drehte mich zur Seite und riss ihn, im Schwitzkasten haltend, mit zu Boden. Am Boden hatte ich den Dreckskellner mit meiner Rechten im Würgegriff.

Bizeps ist der Muskel, den man bekommt, wenn man Rennpferde trainiert und der drückte jetzt zu wie eine Anakonda. Mein Gegner lief rot an.

Ich würde ihn bald loslassen. Und wenn wir beide dann wieder auf den Beinen stünden, wäre sein bisheriger Überraschungsmoment weg. Die ganze Zeit, ohne viel Luft, würde meinen Nachteil, zwei Tage durchgefahren zu sein, wettmachen. Der Boxkampf würde unter ausgeglichenen Verhältnissen weitergehen.

Dazu kam es leider nicht mehr. Ein anderer Schlägerkellner packte mich mit einer Hand an den Haaren und schlug mir mit der anderen voll auf die Zwölf. Wie ein Tritt von einem Pferd.

Dadurch, dass er meinen Kopf festgehalten hatte, war die Wirkung des Treffers umso stärker.

Jetzt verstand ich die Zeichensprache in den Comic-Heften.

Alles war schwarz und voller Sternchen und Kringel. Und es hallte und dröhnte wie ein Echo.

„Wong#% Wong*#Dong –
´*+Wong'#% Wong*#Dong!"

Außerdem war mir jetzt auch klar, warum ein angeknockter Boxer im Ring so hilflos aussieht und die Arme nicht mehr richtig zur Deckung formiert bekommt.

Alles läuft unter Zeitlupe ab und zieht sich wie Kaugummi.

Mein Würgegriff lockerte sich und mein Gegner kam wieder auf die Beine. Mein Gehirn versuchte die Schwingungen in meinem Kopf auszupendeln. Ich kam zwar auch wieder auf die Füße, aber ich stand in gebückter Haltung da, weil der Typ, der mir den fürchterlichen Gong gegeben hatte, mich immer noch an den Haaren hielt und nach unten drückte.

Der Gewürgte tobte sich jetzt voll aus.

Bald blutete ich aus der Nase und aus dem Mund.

Sie schlugen mich langsam mürbe.

Es tat zwar nicht besonders weh, aber die Gegner konnte ich nicht mehr sehen. Ich sah an mir hinunter, registrierte, dass mein weißes Hemd, das ich mir für die Verabredung heute Abend angezogen hatte, mittlerweile voller Blut war.

Halt einfach still, dachte ich.

Wehr dich nicht mehr, sonst überlebst du das nicht. Man sollte wissen wann man verloren hat.

Denk an eine schöne Musik und nackte Tänzerinnen. Oder wenigstens an halbnackte Damen.

Der Serbe war es, der dazwischen ging und meinte: „Der hat genug."

„Schleich Di!" wie man so schön auf bayrisch sagt, bekam ich noch von der Kellner-Clique zu hören. Womit sie meinten, ich solle mich trollen bzw. abzischen.

Ich schaute mich nach Micky um. *Hoffentlich hat er die Sache überlebt.*

Micky, der den Streit angefangen hatte, war gar nichts passiert. Er hatte sich, wie er es des Öfteren bei Keilereien zu tun pflegte, sofort eines dieser großen Biergläser geschnappt und kaputtgeschlagen. Er stand da, mit nur noch dem Griff des Kruges und einer gefährlichen Scherbe daran und hielt die restlichen Schlägerkellner auf Distanz.

Wir schlichen uns ohne ein Bier bekommen zu haben.

Ein Gast oder Passant, der die ganze Szene beobachtet hatte, kam uns hinterhergelaufen. Er war empört über den unfairen Kampf und forderte uns auf, wieder ins Kampfgeschehen einzusteigen.

„Niemals aufgeben! Bloß nicht schlapp machen!"

Er könne Karate und wir drei würden diese aufgeblasenen Muskelprotze schon aufmischen.

Danke für die Anteilnahme und den Mut, aber das Publikum hatte seine Show gehabt. Ich hatte genug.

Ich musste mir erst einmal das Blut abwaschen.

Als ich in den Spiegel schaute, musterte mich dort ein schreckliches, unbekanntes Wesen.

Was für ein Primat ist das denn?

Das Antlitz eines Ungeheuers. Der Kerl sah fürchterlich aus. Er hatte geschwollene Lippen, eine dicke Nase und ein riesenlila Ei, wo sonst das linke Auge war.

„Geht's wieder?" fragte Micky.

„Geht mich gut." antwortete ich.

Wir schafften es dann noch ein neues Hemd für mich zu besorgen. Ansonsten musste ich den Rest des Tages aus dem Sonnenlicht. Ich musste irgendwo im Schatten sitzen. Mir wurde schlecht, musste fast kotzen. Ich hatte eine schwere Gehirnerschütterung.

Am Abend trafen wir in dem Laden ein, in dem es Musik und Essen gab.

Die Frauen waren schon da. Die Killinger hatte einen Tisch reserviert.

Den ersten Eindruck, den wir beide auf Trudes Freundin machten, war nicht besonders gelungen. Der Eine hinkte und der Andere sah aus wie ein Aussätziger.

Micky, der immer noch auf Trude stand und dachte er könne heute Abend noch mal bei ihr landen, saß dann ihr gegenüber.

Ich saß vis-à-vis einer vollbusigen Rothaarigen.

Es waren dunkelrote Haare und ihre Brüste hatten barocke Ausmaße.

Sie hatte die schönen dunkelbraunen Augen einer Gazelle.

Dieses weibliche Wesen entsprach ganz meiner Vorstellung einer attraktiven Frau.

Und ich dachte bei mir: Sicherlich ist sie nicht glücklich mit ihrem derzeitigen Liebhaber.

Ich glaube die Lady mit der bemerkenswerten Oberweite hieß Dora.

Dora Schimmer. Könnte aber auch sein, dass mein Gehirn in dieser Frage eine Fehlinformation hinterlassen hat. Vielleicht hieß sie auch Flora Dimmer. Aber ich glaube doch eher Dora Schimmer.

Ich wollte mich ihr vorstellen und sagen:

„Ich bin der Alfons."

Stattdessen brachte ich nur meinen blödsinnigen Nachnamen hervor und sagte einfach nur: „Hecht."

Die rothaarige Braut war genau mein Typ, aber der Auftakt war mir schon mal missraten.

Und sowieso, irgendwie liefen die Gespräche an diesem Abend an mir vorbei. Micky malte unseren heroenhaften Kampf übertrieben aus, aber ich konnte nicht widersprechen.

Es fiel mir überhaupt schwer etwas zu sagen. Ich bekam keinen Gedanken sauber zu Ende formuliert.

Immer wenn ich was sagen wollte, waren die Anderen im Gespräch schon einen Schritt voraus.

Das Bier und das Essen schmeckten mir auch nicht.

Ich stierte mit meinem einen Auge die meiste Zeit in den Ausschnitt der Rothaarigen.

Ich hatte andauernd das Bedürfnis der schönen rothaarigen Dora doch mal etwas Nettes zu sagen.

Auf der Balz sollte der Mann das Reden übernehmen. Mein Gefühl sagte mir:
Diese Braut steht auf dich.
Ich musste entschiedener vorgehen. Endlich brachte ich was zustande.
„Du München. – ich Berlin."
sprach ich diesen Busen an.
Die beiden Frauen tauschten vielsagende Blicke.
Verflixt! Mein Auftreten bisher, war die eines Amateurs. Entsetzlich mein Gestammel.
Das Schlimme an einer Gehirnerschütterung ist, dass man eigentlich die Stimmung, die Schwingungen und Gedanken der Anderen subtil mitbekommt, aber einfach sich selber nicht gut artikulieren kann. Es kommen nur halbe Sätze heraus und deshalb hält man besser die Klappe.

An dieser Stelle sollte ich erwähnen, dass ich später noch einmal in meinem Leben eine schwere Gehirnerschütterung hatte. Ich war vom Pferd gefallen. War sogar ein paar Minuten bewusstlos gewesen. Ich brauchte ein paar Wochen bis ich wieder normal sprechen konnte, konnte aber die ganze Zeit an den Blicken und dem Gesicht meiner Frau voll ablesen, was sie dachte: *„Der Typ da, war mal mein Mann.*
Der hat voll einen Dachschaden.
Der wird nie mehr der alte, der er mal war."

So ähnlich ging es mir an diesem Abend. Ich konnte an meinem Gegenüber die Gedanken lesen, nämlich:
„Der Kerl sieht nicht nur beknackt aus, sondern ist auch vollkommen primitiv und blöde."

Ich brauchte eine neue Annäherungstaktik und musste vor allem klarstellen, dass ich nicht dieser Trottel war wie es den Anschein hatte.

Jetzt hieß es endlich auf Tuchfühlung zu gehen.

Ich fasste mich und versuchte ein entwaffnendes Lächeln aufzusetzen.

Mein bezauberndes Lächeln geriet aber nur zu einer Grimasse.

Und die Grimasse lallte als nächstes nur:

„Schöne Frau."

Mehr schaffte ich wieder nicht. Ich würde besser heute Abend erst wieder was sagen, wenn ich einen kompletten Satz zusammen bekäme.

Mein Annäherungsversuch hatte keinen Anklang gefunden.

Der Gesichtsausdruck von Dora sagte mir, dass sie nicht mit Trude einer Meinung war, dass hier heute zwei interessante Typen zu Besuch waren.

Der Hinkende war in seinem rheinländischen Slang der Alleinunterhalter, was für Dora, als waschechte Bayerin, wie ein Kauderwelsch rüberkam und der Andere schien einen sehr begrenzten Sprachschatz zu haben.

Von meinem Seelenzustand her, hätte ich die schöne Braut gerne mit Liebe überschüttet. Aber ich erinnerte mich an den hässlichen Affen im Spiegel. Mir schwante, dass dies auch für Dora der wunde Punkt war.

Ich hielt mich eine Zeit lang zurück.

Micky erzählte dann etwas vom schlechten, trüben bayrischen Bier.

Das Bier im Rheinland und besonders in Franken sei was ganz anderes.

Hier konnte ich mitreden. Ich hatte früher mal eine Woche im Hopfengebiet in der Holledau gearbeitet. Ich kriegte den einzigen kompletten Satz an diesem Abend zusammen:

„Der Hopfen wächst vom Boden hinauf."

Dora hatte jetzt genug. Sie verabschiedete sich mit der Entschuldigung, sie habe heute Abend noch eine Verabredung.

Ich wusste jedoch was sie dachte und was sie eigentlich sagen wollte:

„Der Typ ist einfach nicht auf meinem geistigen Niveau. Gott schütze uns vor dem Schwachsinn.

Hoffentlich werden meine Kinder, falls ich welche bekommen sollte, gesund sein und nicht so bekloppt und krank wie dieser Freak da."

Im Weggehen schlenkerte Dora ihre Kurven und ließ mich sehen, was mir gerade entging. Ich glotzte noch eine Zeit lang ihrem wunderbaren Arsch hinterher und überlegte, ob sie unten rum behaart war oder ob sie ihre Muschi rasierte.

„Was für ne enorme Braut, diese Dora." dachte ich bei mir. *„Gott schütze die werdenden Mütter!"*

Und dann war sie verschwunden.

Den restlichen Abend versuchte Micky der Killinger auf die Pelle zu rücken und ich saß stumm brütend vor meinem Bier.

Ich sinnierte darüber wie ich Dora noch erobern könnte, wenn ich das nächste Mal nach München käme.

Wahrscheinlich standen die Chancen schlecht.

Ich hatte einfach eine zu schwache Vorstellung gegeben und hatte das ungute Gefühl, dass es zwischen uns beiden aus war. Ich hatte es verpatzt.

Aber reden, da sollte man doch nochmal drüber mit ihr, über meinen heutigen Ausnahmezustand. Wenn ich dann wieder irgendwann o.k. sein würde. Hoffentlich auch. Oder vielleicht doch nicht? Als Alfons brauchte ich wohl bei Dora gar nicht mehr auftauchen. Es gab nur die Möglichkeit mich als meinen Bruder Alfred auszugeben. Ich würde Dora von unseren Geschwistern erzählen. Allesamt mit einem hohen Intelligenz-Quotienten ausgestattet. Nur der Alfons leider nicht. Da könnte man nichts machen. Ist mit einer Zangengeburt auf die Welt gekommen. Den Schaden, den sie dabei angerichtet haben, ist nicht zu verstecken. Sein Urteilsvermögen ist sehr schwach und sein Durchblick ist ziemlich getrübt. Er ist halt ein bisschen plemplem.

13. Engelbert

Künstler sind oft schwierige Menschen, jedenfalls was das soziale Verhalten den Mitmenschen gegenüber angeht. Sie sind am kreativsten und können Kunst dann am besten produzieren, wenn sie eine psychisch an die Grenzen gehende Phase hinter sich haben oder völlig am Boden sind. Von ihren eigenen Werken sind sie meistens absolut überzeugt. Die Kunst ihrer Kollegen dagegen, betrachten sie oft mit Missfallen. Sie bezeichnen die Arbeiten der Anderen als Sonntags-Kunst, oder als therapeutisches Malen und Werkeln, um die Flecken in deren Gehirnen zu beruhigen. Auf den Gedanken, dass sie selber oft einen Flecken im Kopf haben, würden sie von sich aus niemals kommen.

Andererseits sind viele Künstler auch interessante Typen, die in ihren guten Phasen sehr kurzweilig und lustig sein können.

Was den Umgang mit Geld oder die Vermarktung ihrer Produkte angeht, tun die meisten von ihnen sich nicht leicht. Sie trennen sich in der Regel nur schwer von ihren eigenen Werken. Sie sind nicht im Stande, sich in die Welt und Sichtweise des Galeristen oder des Sammlers zu versetzen.

Auf die wenigen Künstler, die es geschafft haben und am Kunstmarkt gefragt sind, sind alle Anderen aus tiefster Galle neidisch.

In Berlin gibt es schätzungsweise vierzigtausend Künstler, mit tristen Aussichten auf Beifall und Anerkennung. Sind einfach zu viele. Wer soll deren Kunst alles schlucken. Ist gar nicht möglich.

Seit längerer Zeit handele ich selbst mit afrikanischer Kunst. Alte Stammeskunst. Echte, alte Masken und Figuren, die im traditionellem, religiösem Gebrauch der verschiedensten Völker des schwarzen Kontinents waren. Die meisten Kunden und Sammler haben einen schlechten Geschmack und kein gutes Gespür für die Qualität eines Objektes. Viele tun sich schwer überhaupt Echt von Falsch zu unterscheiden. Ganz anders die Künstler. Seit Generationen, jedenfalls seit Picasso, lassen sich die Künstler durch die Formensprache der afrikanischen Bildhauerwerke inspirieren. Sie haben ein geschultes Auge und oft ein feines Gefühl für die Ausdruckskraft einer guten Skulptur. Leider kann sich der Großteil ihrer Gilde nicht die guten und teuren Stücke leisten. Da ich viele Künstler kenne, bin ich im Laufe der Zeit durch Tauscherei, Kunst gegen Afrika, an eine Menge Kunstwerke gekommen. Die meisten dieser Werke nehmen mir nur Platz weg und werden in meinem Leben wohl keinen Käufer mehr finden.

Eine der wenigen Ausnahmen, an denen ich Freude habe, sind die Zeichnungen eines Berliner Künstlers namens „Berti".

Er heißt eigentlich Engelbert Bolle, aber er mag es nicht, wenn man ihn Bolle nennt. Deshalb nennen ihn alle Berti.

Bolle bzw. Berti ist ein liebenswerter Kerl, aber meistens leicht durchgeknallt. Wahrscheinlich hat er einen größeren Schuss als der Durchschnitt seiner Zunft. Er geht auf die sechzig zu oder er hat sie schon leicht übersprungen. Er hatte noch nie einen Galeristen und hat höchstens mal ein Gemälde an einen privaten Gönner verkauft. Trotzdem ist Berti mit seinen Ölgemälden unglaublich teuer. Am liebsten will er gar keines seiner Werke abgeben. Sein Vater war über hundert Jahre alt geworden und erst hundertzweijährig dann gestorben. Berti glaubt fest daran, dass er genau so alt wird und sein großer Durchbruch noch kommt. Und er werde dann in der Kunstszene, die ihm gebührende Ehre noch erhalten.

Ich konnte mir also nur Zeichnungen von ihm leisten. Und die waren auch unverschämt teuer.

O.k. - Er zahlte nie einen Cent für mein Afrika und ich zahlte nie einen Cent für seine Zeichnungen. Wir tauschten nur. Seine Zeichnungen finde ich sowieso besser als seine Ölgemälde. Sie haben einfach einen schnelleren Strich und haben mehr Schmackes.

Meistens schwirren durch seine Werke Engel bzw. Putten, so Kopffüßler, besser gesagt Kopfflügler. Sie tauchen einzeln oder in ganzen Schwärmen auf. Die Zeichnungen aber, auf die ich es abgesehen hatte, sind die, wo nackte Nonnen drauf sind. Nackt bis auf den Kopfputz. Daher noch als Nonnen erkenntlich. Entweder liegen sie alleine schmachtend in ihren Kissen oder sie treiben es mit dem Teufel oder mit einem Ziegenbock. Auf anderen Zeichnungen machen es die Nonnen mit einem Bischof oder Kardinal.

Irgendwie sieht Berti Bolle selbst wie ein mit seiner Sexualität ringender Priester aus, der im Namen des Herrn unterwegs ist. Er würde in jedem Film, der im Mittelalter spielt, einen perfekten Kardinal oder Abt abgeben. Vielleicht war er so was Ähnliches einmal in einem seiner vorherigen Leben gewesen und hat irgendwas noch nicht ganz verarbeitet.

Oder ihm hing die Sache mit der jungen Nonne noch nach. Engelbert war als junger Mann einmal auf der Wanderschaft durch Italien gewesen. Eines Tages kam er an ein Nonnenkloster. Die Nonnen waren gastfreundlich und labten ihn mit Speis und Trank. Zuerst benahm sich Engelbert, wie es sich geziemte. Dann aber bat er eine junge Nonne darum, ihm Nadel und Faden zu bringen. Ein Knopf von seiner Hose war locker. Die Nonne bot ihm an, den Knopf festzunähen. Sie werkelte an seinem Hosenschlitz, während er die Hose anhatte. Welcher Mann würde da keinen Steifen kriegen?

Es dauerte nicht lange, da hatte Engelbert die anderen Hosenknöpfe geöffnet und seinen Rüssel herausgeholt. Engelbert stand da in seiner ganzen Pracht. Die junge Nonne kniete vor ihm und bewunderte seinen dicken Lümmel. Sie hatte ihn eben das erste Mal zärtlich berührt und beide wollten gerade die letzten, restlichen Hemmungen sausen lassen. Engelbert wollte all die schönen Sachen machen, die dazu gehören, als die Äbtissin in den Traum platzte.

Das Leben kann manchmal voller Hindernisse sein.

Es gab ein entsetzliches Geplärre. Engelbert wurde mit Schimpf und Schande und unter Verwünschungen aus dem Kloster vertrieben. Die Empörung war riesig groß. Die italienische Presse, in deren Fänge die Geschichte geraten war, trat die Sache breit. Die bekannteste deutsche Tageszeitung griff die Nachricht auf und titelte mit großen Buchstaben:

Vierundzwanzigjähriger verdorbener Deutscher vergeht sich an junger italienischer Nonne und schändet sie!

Was aus der sanften, zarten Nonne wurde, beschäftigte Berti sein Leben lang. Dies und der abrupt abgewürgte Traum hatten ihm viele schlaflose Nächte bereitet.

Auf jeden Fall, malt und zeichnet er seit Jahrzehnten nichts, als Engel und Teufel, Priester und Nonnen.

Heute war ich mal wieder in Berlin. Wir waren verabredet. Wollte sehen was es Neues an Zeichnungen gab.

Nach der Begrüßung bat er mich auf einem Stuhl Platz zu nehmen. Er wolle eine Porträtzeichnung von mir machen.

„Ich mache in letzter Zeit nur noch Porträtzeichnungen, mit dem Kohlestift, von allen möglichen Leuten, die mich besuchen kommen oder die ich besuchen gehe." erklärte er mir.

Ich musste ungefähr fünfundvierzig Minuten dasitzen.

Während der ganzen Zeit hatte er eine völlig abgedrehte Musik laufen. Spinett-Musik aus der Barockzeit. Aber so schräg und gleichzeitig unheimlich, dass man der Meinung sein konnte, es könne auch aus moderneren Zeiten stammen. So wie „Sun Ra" in seinen abgefahrensten und spleenigsten Momenten. Völlig abartiges Zwischending.

Berti behauptete allen Ernstes, es seien die einzig bekannten Stücke, die jemals von einem Vampir komponiert worden wären.

„Echt was zum chillen."

„Oh!"

„Ja," meinte Berti. „Ein Vampir mit einem unglaublich begnadetem musikalischen Talent und piekfeinen, perfekten Manieren. Ihn hörte man niemals unflätige Sachen sagen. Einfach ein vornehmer Mann mit Format. Gar nicht zu vergleichen mit denen, im Allgemeinen bekannten, hartgesottenen Blutsaugern."

„Ach ne!"

„Er hatte in Österreich-Ungarn gelebt oder besser gesagt dort sein Unwesen getrieben. Hierzulande weiß kaum ein Mensch von ihm.

Sein Name ist Saugbert Schock."

„Interessant!"

„Ein Vampir mit Drall zum Exzentrischen, aber sehr kreativ. Mit dem tiefsitzenden Bedürfnis, ständig musikalisch etwas Neues zu erschaffen.

Allerdings litt er immer wieder unter zwischenzeitlichen Schüben von Depressionen. Es gab so vieles was ihn trübselig stimmen konnte."

„Ach ja?"

„Ja! Den Zusammenbruch der österreich-ungarischen Monarchie hatte er schon ein halbes Jahrhundert vorausgesehen. Diese schreckliche Ahnung hatte Saugbert besonders zugesetzt. Deshalb habe er um 1870, von Frustration und innerer Leere geplagt, sein Vaterland verlassen und sei nach Argentinien ausgewandert."

„Tatsächlich?"

„Ja, und das Aufregende und Bedeutsame ist, dass er dort maßgeblich an der Entwicklung des Tangos beteiligt gewesen sein soll."

„Mach Sachen!"

„Herr Schock hatte auch seine eigene Tango-Combo gehabt mit der er selbstverständlich nur nachts aufgetreten ist."

„Natürlich! – Und heutzutage legt er wahrscheinlich bei den Ravern als DJ Scheiben auf?"

„Leider nicht. Kurz nach dem Zweiten Weltkrieg hatte er sich über einen aus Deutschland ausgewanderten Arzt hergemacht, ihn gebissen und angesaugt. Dabei hat er sich eine lebensgefährliche Blutvergiftung zugezogen."

„Wirklich?"

„So war´s. Eine Zeit lang gab es widersprüchliche Meldungen. Zumindest war Saugbert nach diesem schicksalsschweren Biss eine Zeit lang schwer ausgehakt und litt unter einer chronischen Antriebsschwäche."

„Ach so?"

„Danach habe man nichts mehr Genaueres von ihm gehört.
Die geheimnisumwitterte Frage sei, ob er heute noch am Leben und aktiv ist? Die Hoffnung und Aussicht ist allerdings trübe."

Berti hielt inne und starrte eine Zeit lang schweigend und traurig vor sich hin.

Na gut, Berti, dachte ich. *Wie ich nun wusste, war das die Musik eines Vampirs. Könnte vielleicht wahr sein. Die Musik könnte wirklich von einem Vampir stammen. Aber der Rest der Geschichte?* Berti hörte sich an, als hätte er diesen Saugbert persönlich gekannt. Oder könnte es sein? Hatte ich Engelbert eigentlich schon mal bei Tageslicht gesehen? Darüber sollte ich mal intensiver nachdenken. Aber das sind jetzt Mutmaßungen. Das ganze Geheimnis war wahrscheinlich, dass Bolle sie nicht mehr alle hatte. Er hatte schon immer ne Schraube locker. Jetzt war bei ihm wohl die nächste Stufe erreicht, wo sich schon ein paar Schrauben mehr gelockert hatten.

Der Eindruck, dass er nicht mehr richtig tickte, verfestigte sich in unserem weiteren Gespräch.

Auf dem Boden lag eine Porträtzeichnung von einem Schwarzen. Engelbert erzählte mir, er sei ein Jazzmusiker. Ein gewisser Bartholemäus oder Bartholemew. Oder so.

„Ein total schwarzer Mohr." tönte Berti. „Der ist so schwarz, der Kerl würde sogar in einem Kohlenkeller noch einen Schatten werfen."

„Wie soll ich das denn verstehen?" wunderte ich mich.

„Well, ich hab ja verstanden, dass der Typ eine ziemlich schwarze Hautfarbe hat. So ein rabenschwarzer Kerl, halt. Aber was meinst Du jetzt mit dem Schatten? Das klingt ziemlich doppeldeutig."

„Na, Schwarze haben halt mal einen dunkleren Schatten als Weiße. Und der hier wirft nun mal einen besonders schwarzen Schatten." behauptete Berti mit ernster Gewissheit.

„Völliger Blödsinn, Berti. In welchem antiken Intelligenz-Blatt hast Du das denn gelesen? Der Schatten jedes Menschen, ob Chinese oder Indianer, ist gleich."

„Nein, das weiß ich mit Gewissheit." konterte Berti. „Ich habe das oft beobachtet. In solchen Sachen bin ich gründlich. Das beobachte ich schon lange. Wenn ich einen Schwarzen gesehen habe, der aus der Sonne rausläuft und den Schatten vor sich hatte, dann bin ich schon einige Male eine Zeitlang neben ihnen hergelaufen und habe unseren Schatten verglichen. Es besteht eindeutig ein Unterschied."

„Mensch Berti! Erzähl keinen Kappes! Ich glaube eher Du hast einen Schatten in deinem Kopf. –
Pass auf! Was ist dann eigentlich mit einem Pinguin? Der wirft dann einen gemischten Schatten, wie?
– Eh, ich kenne einige Schwarze. Wenn ich denen so einen Stuss erzähle, lachen die sich kaputt."

„Da würde ich sie lieber nicht drauf ansprechen. Vielleicht nehmen sie Dir das übel."

„Ne, Berti. Die Schwarzen, jedenfalls die meisten, haben einen guten Humor. Die können über sich selber lachen und lachen gern. Deinen Blödsinn wird mir keiner übel nehmen. Die nehmen Dir eher deine verstörende Angewohnheit übel, wenn Du plötzlich an ihrer Seite auftauchst, neben ihnen her tippelst, nur auf die Erde stierst und nach einer Weile, ohne ein Wort gesagt zu haben, dann genauso plötzlich wieder verschwunden bist. Könnte irgendwie falsch verstanden werden."

Berti runzelte die Stirn und kam ins Grübeln: „Eine völlig neue Einsicht. Du meinst also, die könnten denken, ich wäre ein Vampir?"

„Ne, Berti. Absolut unlogisch. Vampire haben kein Spiegelbild und keinen Schatten. Außerdem laufen diese Wesen tagsüber nicht herum. Nein, was ich meine ist, dass Du mit deinem Verhalten den schwarzen Männern auf die Pelle zu rücken, den Eindruck erwecken könntest, Du seist stockschwul und stehst auf schwarze Männer."

Man sah Berti an, dass er in seinen Hirnwindungen noch gründlicher nachdachte: „Hm, daran habe ich noch gar nicht gedacht. Meinst Du wirklich? Ich muss sagen, die Schwarzen scheinen aber auch seltsame Gedanken zu haben."

Während der ganzen Zeit, wo er mich zeichnete, hatte er mich fest im Visier und studierte mich. Ich hatte meinerseits Zeit ihn zu studieren und musste feststellen, in seinem Blick lag wirklich was Irres. Also, dachte ich bei mir, irgendwie kann ich ihn ja gut leiden, aber er ist eindeutig ein Spinner.

Endlich hatte er mein Porträt fertig. Als ich die Zeichnung sah war ich geschockt. Der Kerl, der mir da vom Papier entgegen glotzte, sah aus wie ein Massenmörder. Absolut gefährlich! Irgendwie wie Attila, der Hunnenkönig. Oder zumindest wie der Chef seiner persönlichen Leibgarde.

„Was? Das soll ich sein?" war meine entsetzte Frage.

„Genauso siehst Du aus." war Bertis zufriedene Antwort.

„Mensch, Hecht!" dachte ich. *Echt mal! Du siehst dich jeden Tag im Spiegel. Ist mir noch nie aufgefallen eine so*

bösartige Ausstrahlung zu haben. Dachte immer, ich gebe für meine Mitmenschen einen angenehmen Zeitgenossen ab.

Das Porträt musste ich auf jeden Fall haben. Allein schon deshalb, damit es nicht in falsche Hände kam. Am Ende, sollte Bolle doch noch berühmt werden, würden spätere Generationen vor meinem Porträt erschrecken und von Engelbert Bolles befreundetem Kunsthändler eine falsche Meinung haben.

Oder aber, Bertis Bekannte und Atelierbesucher, die vor meiner Fresse zusammenzuckten, würden ihm den Rat geben, doch besser den Kontakt mit dieser Horrorgestalt zu meiden.

„ Jo, Berti. Dafür sollst Du ein schönes Afrikateil von mir bekommen." eröffnete ich ihm.

„Nix da!" konterte Berti. „Dafür musst Du diesmal Cash bezahlen."

„O.k. Wenn es sein muss. Ich gebe Dir 100 Euro."

„Willst Du mich beleidigen?

Das Porträt kostet Dich 2500 Euro."

„Bist Du irre? Bist Du jetzt vollkommen durchgeknallt? Lauf mal durch die Fußgängerzonen der Stadt, oder auf allen bekannten Plätzen der Welt. Da sitzen überall Porträtmaler. Da zahlst Du 30-60 Euro für so eine Zeichnung."

„Die sind aber nicht mit Engelbert Bolle signiert. Alles bloß herkömmliche Kunst. Ich verlange immer 2500 Euro für ein Porträt." sprach Berti mit wichtiger Mine.

„Du hast bestimmt aber noch nie eins verkauft. Ich sehe hier in deinem Atelier überall Porträts rumfliegen. Die liegen hier bestimmt nicht rum, weil sie noch darauf warten bezahlt und abgeholt zu werden."

„Doch" meinte Berti „Ein Porträt habe ich schon verkauft. An eine Opernsängerin. Die wusste meine künstlerischen Fähigkeiten zu schätzen."

„Jo, die Lady schätzte bestimmt noch andere Fähigkeiten an Dir. Die wirst Du sicherlich nicht nur gezeichnet haben, dass sie so ein Fan und eine Gönnerin von Dir ist."

„Kein Kommentar! Davon zu sprechen, wäre der Dame gegenüber indiskret. Aber was ich sagen kann, die Frau singt wunderbare Arien beim Geschlechtsakt. –
Auf jeden Fall musst Du für dieses Superporträt 2500 Euro bezahlen."

„Du bist vollkommen bekloppt, Bolle!"

„Nenn mich nicht Bolle!" zischte er.

„O.k. Engelbert. Du hast nen Schuss. Du nötigst mich fünfundvierzig Minuten auf diesem Stuhl hier stillzuhalten und deine Vampirmusik anzuhören, und dann verlangst Du von mir 2500 Euro. Du kriegst von mir ein gutes Stück an afrikanischer Kunst dafür. Sollten wir nicht klarkommen, verlange ich von Dir, die Zeichnung vor meinen Augen zu zerstören. Du kannst ja auch nicht einfach von Leuten Fotos machen, ohne sie zu fragen."

„Ich habe Dich gefragt."

„Hast Du nicht. Du hast mich gleich hier platznehmen lassen und hast sofort, wie im Wahn, losgelegt zu zeichnen. Also lass uns eine Lösung finden!"

„Ein wirklich gutes Stück kriege ich sowieso nicht von Dir. Du lädst immer nur deinen Müll bei mir ab." beschwerte sich Berti.

„Na hör mal, das stimmt überhaupt nicht. Du hast noch nie Müll von mir bekommen. Ich unterteile meine Ware in drei Gruppen.

Erstens: Müll.   Zweitens: Gewinnzuwachs.   Drittens: Vermögensbildung."

„Du hörst Dich ja an wie ein Banker."

„Hör mir zu! Ich will hier nur was klarstellen.

Die erste Gruppe, Müll, für so eine Ware würde ich niemals Geld ausgeben. So was kriege ich in Zahlung oben drauf. Wenn ich ein gutes Stück verkaufe, dem Sammler einen Gefallen tue und mit einem kleinen Preisnachlass noch ein oder mehrere Schrotteile mitnehme. Sozusagen Entsorgungsdienst. Solche Teile würde ich weder dir noch sonst einem Sammler anbieten. So ein Kram muss auf dem Trödel oder sonst wo weggedreht werden.

Die 3. Gruppe - Vermögensbildung kann ich Dir allerdings auch nicht im Tausch gegen Zeichnungen anbieten. Solche Stücke sind Raritäten und warten darauf, dass eines Tages mal viel Geld für sie bezahlt wird. Diese Stücke können sich die meisten Sammler überhaupt nicht leisten.

Und erst Recht nicht Du, wo Du mich nur mit einer Porträtzeichnung bezahlen willst.

Die mittlere Gruppe – Gewinnzuwachs – von diesen Stücken lebe ich, die versuche ich mit Gewinn zu verkaufen. Das sind alles gute Teile. Manche sind echte Brenner. Womit ich nicht sagen will, dass sie Brennholz sind. Und weil ich von denen eine große

Auswahl habe, kann ich mir das Hobby leisten, Zeichnungen von Engelbert Bolle zu sammeln.

Lass Dich von den Meinungen anderer Leute nicht bekloppt machen. Wenn andere Sammler bei Dir vorbeikommen und nicht auf deine Afrikateile abfahren, will das gar nichts heißen. Die Geschmäcker und Ansichten der Menschen sind nun mal verschieden. Du weißt doch wie das ist, mit der Kunst.

Du solltest eigentlich langsam wissen, dass ich Dich nicht bescheißen will. Ich habe heute wirklich gute Stücke für dich dabei."

„Dann zeig mal deine Teile!"

Na geht doch Berti! Ich öffnete meinen Koffer und bot meine Ware feil. Allerlei schöne kleine Objekte. Masken und Statuetten.

Berti war jedoch noch nicht überzeugt. Er war immer schon ein harter Brocken, aber heute war er nicht zu knacken.

„Geh mal in Brüssel oder Paris bei einem Händler eine deiner Zeichnungen eintauschen. Die geben Dir noch nicht mal eine Kopie dafür." versuchte ich ihm klar zu machen.

Ich war echt in der Klemme. Engelbert kostete jedes Mal einfach zu viel Kraft. Warum tat ich mir das an?

Zum Glück läutete im Nebenzimmer das Telefon. Berti musste den Raum verlassen.

Das war die Gelegenheit. Ich nahm mein Handy und rief Manne an.

Manfred Finkel ist ein befreundeter Fotograf und in seiner Branche zählt er zu den Besten. Auf jeden Fall ist sein Name in der Kunstszene bekannter als der von Engelbert Bolle. Auch mit Manne tausche ich afrikanische Kunst gegen Fotos. Die beiden kennen sich gut und tauschen wiederum untereinander afrikanische Kunst. Jeder von beiden will immer der Erste sein, der von mir besucht wird, wenn ich nach Berlin komme.

Manne war in letzter Zeit ganz schön fett geworden. Sie hatten bei ihm Krebs diagnostiziert. Lungenkrebs. Er glaubte nicht mehr all zu lange am Leben zu sein. Und da jetzt sowieso alles in die Binsen ging, fing er an zu fressen und zu saufen. Er stopfte alles in sich hinein und schluckte unmenschlich viel Sprit. Den Krebs hat er dann wundersamer Weise besiegt, aber Finkel ist jetzt ein Koloss von Kerl. Er ist mittlerweile so fett, dass er einen Behindertenparkplatz vor seinem Haus genehmigt bekommen hat. Man hat jetzt mehr Angst um ihn, dass er einem Herzinfarkt erliegt, als dass der Krebs ihn holt.

Im Furzen und Rülpsen war Manne mittlerweile auch stark verbessert.

Außerdem schnarcht Manne Finkel jetzt noch lauter als vorher. Als Sägen kann man das nicht mehr bezeichnen. Es ist eher ein Röhren. Wenn man bei ihm übernachtet, ist, obwohl Manne nur im Nachbarzimmer röhrt, nicht an Schlaf zu denken.

Noch schlimmer war es, als wir einmal gemeinsam Hank in Köln besuchten. Bei Hank mussten wir auf dem Fußboden im selben Raum schlafen. So was hatte ich noch nie erlebt. Die Erde bebte. Richterscalamäßig wahrscheinlich über sieben. Es war mindestens so schlimm wie, als würde ein Helikopter landen. Ich hatte wieder mal eine schlaflose Nacht.

Deshalb schuldete mir Manne noch etwas. Er musste mir jetzt helfen.

„Manne geh dran!" Manne ging dran.

„Eh, Manne, tu mir einen Gefallen. Ich sitz hier bei Berti. Ruf ihn jetzt gleich an und verlange mich zu sprechen. Bis gleich!"

Kaum erschien Berti aus dem Nebenzimmer, klingelte schon wieder sein Telefon. Er brachte mir dann den Hörer. „Manne will Dich sprechen."

Ich tat so, als hörte ich Manne einen Augenblick zu, dann sagte ich:

„Genau, Manne, mein ich doch, genau in dem Auktionskatalog ist so eine ähnliches Teil für viel Geld angeboten und auch verkauft worden.

Für wie viel war die da drin? –

Na, sag ich doch. Hab ich Dir doch gleich gesagt, Manne, dass Du die Maske nehmen sollst. –

Nein, die hab ich Berti nicht angeboten.

Du weißt doch, jeder von Euch kriegt einen anderen Koffer mit Ware von mir angeboten. So gibt es keinen Streit, bei wem ich zuerst war. Und außerdem, wenn ich wieder aus der Stadt abgezogen bin, bleibt es für Euch dadurch interessanter, Euch beide gegenseitig zu besuchen, frische Ware zu sehen und untereinander zu tauschen. –

Nein, ich hab das Stück im Auto.

Geht klar, ich komm noch mal bei Dir vorbei. Bis dann!"

Berti hatte die ganze Zeit interessiert zugehört und seine Frage war voraussehbar.

„Was ist das für eine Maske, die Du im Auto hast?"

Jawohl, ich hatte Bolle am Haken.

14. Schräge Geschäfte

Früher konnte man mit Micky Geschäfte machen. Wir fuhren durch die Türkei und kauften Teppiche und Kelims ballenweise ein. Wir waren beim Einkauf ein eingespieltes Team. Einer spielte den Guten und der Andere den Miesepeter. Meist spielte Micky den Miesepeter. Den hatte er echt gut drauf. Nur manchmal, wenn Micky ein Teil zu gut gefiel, musste ich den Bremser spielen. Die Türken sind gute Händler und Verkäufer. Vor allem die ausgeschlafenen Teppichhändler. Als eingespieltes Team konnten wir besser dagegenhalten.

Auch wenn wir die ganze Ware nach der Verzollung zu Hause hatten, gab es nie ein Problem beim Aufteilen der Stücke. Wir kamen immer klar.

Im Verkaufen war Micky genauso ein Ass wie ich. Ich drehte vielleicht die Ware schneller als er, aber Micky erzielte pro Stück immer die besseren Preise.

Seit jedoch Micky sich entschlossen hatte Künstler zu werden, hatte er den Ehrgeiz, in Sachen Geschäfte, verkümmern lassen. Er nahm auch immer mehr die schrägen Ansichten, was Geld und Business betraf, seiner Künstlerkollegen an. Die Zunft schien irgendwie abzufärben.

Wenn ich von einer Tour aus Brüssel kam, besuchte ich Micky gerne und blieb dann einen, manchmal zwei Tage, bei ihm in der Eifel. Einfach mal chillen.

Als ich ihn dieses Mal besuchte hatte ich Rudi dabei.

Rudi und ich hatten uns angefreundet und waren in letzter Zeit des Öfteren gemeinsam auf Tour. Rudi war auch Künstler. Bei ihm lief der Werdegang jedoch umgekehrt als bei Micky. Rudi hat wie die meisten Künstler ein gutes Auge, was afrikanische Skulpturen betrifft. Er brachte echtes Talent mit, was die Beurteilung der Qualität der Stücke angeht. Und so konnte er bald von diesem Metier besser leben als von seiner Kunst.

Was ich besonders an ihm schätze, ist seine ehrliche Begeisterungsfähigkeit.

Nur bei Vernissagen diverser Galerien und anderer Events kann es mit Rudolf peinlich werden. Wenn man dort zusammen mit ihm aufläuft, benimmt er sich wie ein Homer Simpson. Es macht ihm überhaupt nichts aus die dargebotenen Aperitif-Häppchen alleine zu verputzen. Rudolf macht sich wie ein ausgehungerter Bär über das Buffet her und ist dort nicht mehr weg zu kriegen.

Den Wein oder Schampus schüttet er sich rein, als gäbe es gleich keinen Nachschub mehr. Und er verträgt ne Menge.

Je mehr er getrunken hat, desto lauter wird er. Er schwadroniert dann über Kunst und Politik. Von seinen Vorträgen lässt er sich nur abhalten, wenn ein schönes, weibliches Wesen an ihm vorbeiläuft, der er ein paar Komplimente hinterher rufen kann. Wenn er den Eindruck hat, dass sein Schmalz bei der Dame gerade gut angekommen ist, lässt er seine Gesprächspartner grußlos stehen und hechtet der Braut hinterher.

Rudi hat einen Magen wie ein Ochse.

Absolut strapazierfähig.

Es ist unmenschlich was er alles durcheinander fressen und saufen kann. Verdorbene Speisen und Lebensmittel, bei denen schon lange das Verfallsdatum abgelaufen ist, können ihm nichts anhaben. Selbst Gammelfleisch macht ihm nichts aus.

Ich habe erlebt, wie er nicht davon abzuhalten war einen alten Fisch, eine Dorade, die er im Kühlschrank vergessen hatte und die schon nach Ammoniak stank, sich zuzubereiten und dann zu vertilgen. Die meisten Menschen hätten eine Fischvergiftung bekommen und hätten diese Speise nicht überlebt. Ich war echt gespannt darauf, wie Rudis Eingeweide mit dem ihm dargebotenen Grätentier umgehen würden und beobachtete ihn den ganzen restlichen Tag.

Sein Magen bekam noch nicht einmal ein Zucken oder Zippern.

Rudi verschwendete den ganzen Tag nicht mehr einen einzigen Gedanken an den vertilgten Fisch.

Was Rudolf besonders mag ist Käse.

Daran wäre im Allgemeinen eigentlich auch nichts auszusetzen.

Aber Rudis Auto stinkt leider fürchterlich nach Käse. Immer wenn er aus Frankreich kommt, deckt er sich mit einem ungeheuren Vorrat an allen möglichen Käsesorten ein. Eine besondere Vorliebe hat Rudi für die würzigen Stinker-Sorten. Manchmal rollt ihm so ein Teil unter die Autositze und reift dort in Ruhe ein paar Wochen oder gar Monate.

Rudi nimmt gerne junge Tramperinnen mit. Wegen dem Käse Duft steigen die Damen meist schon vor ihrem eigentlichen Ziel aus oder steigen erst gar nicht ein.

Wenn Rudi dann endlich so einen vergammelten Stinky in seinem Auto wiederfindet, leuchten seine Augen, als hätte er ein Goldstück gefunden. Das Goldstück wird dann gleich an Ort und Stelle mit Genuss verputzt.

Ansonsten ist Rudolf ein feiner und gebildeter Herr.

Heute Abend waren wir, wie gesagt, bei Micky zu Gast.

Wir hatten zusammen einen schönen Abend.

Micky machte in seiner super Eisenbratpfanne in Olivenöl gebratene Kartoffeln und dazu einzigartige Spiegeleier von gesunden Landhühnern mit kross gebratenem Knoblauch. Wir tranken Wein dazu.

Zum Nachtisch rauchten wir einen Joint.

Ich packte dann meine Beute aus, die ich in Brüssel gemacht hatte.

Frische Ware kann man immer nach einem Joint am besten beurteilen. Man sieht die Stücke mit neuen Augen. Man neigt zwar dazu den Wert der Ware zu euphorisch zu beurteilen, was aber den Vorteil hat, dass erst gar keine Kauf-Reue aufkommt.

Der Hit meiner Beute war eine auf einem Hocker sitzende Lobi-Figur.

Sah aus wie eine mittelalterliche Madonna.

Darüber waren wir uns alle drei an diesem Abend einig. Ich hatte einen guten Schnapp gemacht.

„Was soll die Puppe kosten?" fragte Micky. „Mach mir einen guten Preis!"

„Den guten Preis sollst Du haben, Micky. Rudi ist mein Zeuge. Ich hab für die Figur 1200,- ausgespuckt. 200,- will ich dran verdienen. Gib mir 1400,-. Von jedem Anderen verlang ich das Doppelte." versuchte ich ihm klar zu machen.

„Ist gekauft!" sagte Micky ganz entschlossen.

„Freut mich, Micky. Vielleicht steigst Du ja doch noch mal ins Afrikageschäft mit ein?"

„Bezahlen tue ich aber erst am Jahresende oder sagen wir zu Weihnachten."

Wir hatten Frühsommer, Anfang Juni.

„O.k. geht klar, Micky."

Der ganze Abend drehte sich nur noch um die Lobi-Figur. Die beiden Künstler steigerten sich richtig rein. Die Achse der Figur, der Schwerpunkt, die Idee, die Umsetzung, die Abstraktion, die Haltung, die naive Ausdruckskraft und die Anmut waren die Themen.

Und wie antik das Stück war und überhaupt die ganze Nostalgie.

Ja und dann ja noch der Spirit. Der Spirit der Skulptur und der Spirit im Allgemeinen.

Die Figur wurde von allen Seiten begutachtet. Wir konnten Micky nur immer wieder zu dem guten Einkauf gratulieren.

Am nächsten Morgen dann beim Frühstück.

Micky wollte uns wieder seinen grünen Tee anbieten.

Das ging überhaupt nicht. Das war harter Stoff.

„Gunpowder" aus China. Kleine dunkelgrüne Kügelchen. Im heißen Wasser geschieht das Wunder, dass sich die Kügelchen zu riesigen Blätter aufrollen. Micky schmiss einfach zu viele Kugeln in die Teekanne. Das machte er immer so. Und er lies das Zeug einfach zu lange ziehen. Ein total bitteres Gebräu. Sehr bitter.

Ich lehnte wie immer sein Angebot ab:

„Ne, Micky. Nein Danke. Ich brauch morgens einen guten Kaffee."

Micky fing wieder an seinen üblichen Vortrag zu halten: „Grüner Tee ist eine absolut gesunde Sache. Antioxidationsfähigkeit und Kampf gegen freie Radikale im Blut. Grüner Tee besiegt Krebs und kuriert alle möglichen Krankheiten. Das Zeug hält mich einfach in der Spur. Sehr dynamisch das Ganze."

Ich musste ihn stoppen: „Mich bringt dein Gebräu aber aus der Spur. Spar Dir deinen Vortrag. Ich hab einmal deine Brühe getrunken. Mir hat es direkt den Magen zugezogen. Mir war ganz flau. Hätte fast in die Gegend gereihert. Wenn Du da in die Kanne nur drei, vier Kügelchen reintun würdest, könnte man das auch als Tee bezeichnen. Aber Du musst da ja immer eine ganze Hand voll reinhauen. Volle Kelle sozusagen. Und dann lässt Du das Ganze auch noch viel zu lange ziehen."

„Ich kauf den Stoff im Großhandel ein. Da brauch ich mit der Dosierung nicht zu sparen. Und ziehen muss der lange, damit er seine Wirkkraft entfaltet." trumpfte Micky auf.

„Lass gut sein Micky. Nicht jeder hat so einen Ledermagen wie Du. Vielleicht der Rudi. In der Beziehung könnte er dein Bruder sein. Ich jedenfalls brauche jetzt einen Kaffee um in den Tag zu kommen. Besonders nach so einem Abend, mit ein paar Joints. Ich hoffe Du hast auch Kaffee?"

Natürlich hatte er Kaffee für seine Gäste. Keiner seiner Gäste probierte Mickys Tee zweimal.

Rudi hatte unser Teegespräch mitbekommen. Ich sah ihm an, dass es ihn reizte das Gift auszuprobieren, aber er plädierte dann doch auch für Bohnenkaffee.

Micky schmiss eine Handvoll Kaffee in die Kanne und brühte ihn auf. Der Geschmack war ganz passabel. Da war nichts dran rumzumäkeln. Und die Wirkung war auch o.k.

Nach ein paar Kaffee für Rudi und mich und die Gerbsäure für Micky kamen wir dann endlich in die Gänge.

Bei seiner zweiten Zigarette, die Erste musste selbstverständlich immer gleich morgens auf nüchternen Magen sein, meinte Micky dann:

„Also, ich hab gestern doch wirklich gut eingekauft?"

„Das hast Du." antwortete Rudi. „Voll der Hammer das Teil."

„So ist es. Echt stark eingekauft." war auch meine Meinung.

Aber ich kenne Micky. Sein Gesicht verriet mir, dass da noch was kommt.

„Ich habe heute Nacht nachgedacht." sprach Micky zu mir mit ernstem Ton.

„Du kennst in der Szene doch viel mehr Leute als ich.

Und Du bringst es auch fertig so ein Stück mit viel mehr Nachdruck zu präsentieren und dann Jemandem auf den Rücken zu nageln. Ist doch so. Oder?"

„Könnte man so sagen, Micky."

Micky dann mit wichtiger Miene: „Nimm meine gute Figur doch einfach mit, verkauf sie optimal und den Gewinn machen wir dann halbe-halbe."

Super Geck am Morgen. Rudi und ich brüllten los vor Lachen.

Rudi meinte: „Der Besuch bei Dir hat sich echt gelohnt. Du hast mir neue Geschäftsmöglichkeiten eröffnet, wie man aus Nichts Geld machen kann. Den Trick werde ich mir merken".

Eigentlich hätte ich Micky antworten müssen:

„Ist Dir nicht gut? Geht´s noch?"

Aber man sollte mit Humor durchs Leben gehen. Und ein guter Brüller am Morgen hilft einem gut durch den Tag.

„Super! Deine Idee ist genial, Micky. " lachte ich.

„Ich nehme dein gutes Stück wieder mit und wir verdienen beide daran."

FSC
www.fsc.org
MIX
Papier | Fördert
gute Waldnutzung
FSC® C083411

Zeitfracht Medien GmbH
Ferdinand-Jühlke-Straße 7
99095 Erfurt, Deutschland
produktsicherheit@kolibri360.de